ZIP!

ZIP!

41 stories

NATANIËL

Human & Rousseau

Kopiereg © 2016 deur Nataniël House of Music
Eerste uitgawe in 2016
deur Human & Rousseau,
'n druknaam van NB-Uitgewers,
'n afdeling van Media24 Boeke (Edms.) Bpk.

Skrywersfoto op voorblad deur Clinton Lubbe
Grimering deur Lyn Kennedy
Bandontwerp deur Janhendrik Burger
Binnewerk ontwerp deur Michiel Botha
Grafika deur Shutterstock
Geset in 11.5 op 15 pt Minion
Gedruk in Suid-Afrika

ISBN 978-0-7981-7568-5 (Tweede uitgawe, eerste druk 2016)
ISBN 978-0-7981-7424-4 (Eerste utgawe, eerste druk 2016)
ISBN 978-0-7981-7425-1 (epub)
ISBN 978-0-7981-7426-8 (mobi)

Contents/Inhoud

DAUGHTER

This world of ours is filled with people who find it really hard to make decisions. Each family has at least one of them. In our family we had an aunt who could not decide if she wanted to get pregnant or not. Finally she decided she did not want children. Two months later she was pregnant. She was not really our aunt, because as a child she had been adopted, but nobody was sure by whom. Although she was married to Uncle Dieter whose surname was Dekker, she was called Mrs Dante, but nobody was sure why.

When Mrs Dante finally had her daughter, she could not decide on a name, so for the first few weeks she just called her daughter Daughter. Weeks turned into months and finally Daughter stayed Daughter for the rest of her life. Daughter was a really plain girl except for the fact that she could not close her mouth completely, she always looked like somebody had just stolen her cool drink. Because of her mouth she was losing air all the time, so she had to breathe more than other people and could not speak much.

Everybody was always wondering what would become of her.

Then one day at a family dinner Mrs Dante announced that Daughter was going to study at the Technikon.

What is a technikon? asked her husband.

It is like a university, said Mrs Dante, But it is more for special people.

What makes people special? asked her husband.

It is when you don't have to think so much, said Mrs Dante, You can work at a hotel and hand people their keys or fix pipes or test phones. They teach you how to use your hands.

I went to a technikon once, said my grandfather, But it did not make me want to use my hands.

What did you study? asked my father.

Nothing, said Grandfather, I had to deliver a table.

Well, said Mrs Dante, Daughter is going to study to become a receptionist.

Daughter did go to the Technikon, she stayed there for years until finally she was declared a receptionist. But she could not find work, people found her too disturbing. One day when she went to Cape Town, a nun started screaming, Oh God, I'm deaf, I can't hear that woman sing! Then Daughter had to stop breathing and explain to her that her mouth was always like that.

But she did not give up. Every day she took the train to Cape Town to see if she could find work. She knew she was meant for something. And then one day, as the train passed the Maitland Cemetery, one of the sparks from the electric cable flew into a tree and set it on fire. Because the train was moving too fast, Daughter could not see the burning tree, but the next day there was a picture of the fire in the newspaper. It said the fire destroyed a parking lot, a small church, two factory shops and three homeless people.

Daughter knew it was a sign. That same day she stopped looking for work and told Mrs Dante she wanted to be a healer.

Like a nurse? said Mrs Dante.

Daughter stopped breathing.

No, she said, You help people with their pain, you put your hands on them.

That's how I got pregnant, said Mrs Dante, Let them take pills.

Daughter was completely out of air. She inhaled a bit and then she spoke again.

A healer uses nature, she said, Herbs and crystals and dancing and planets.

Then Mrs Dante ran out of air. Just don't get arrested, she said.

Daughter tried everything under the sun to become a healer. She made little mobiles, she painted fairies, she wore sandals, carried garlic in her bag, burned sage in front of a shopping centre, she even read a book. She hung crystals round her neck, some were positive and some were negative, after a year she had not healed a soul, but she was completely bipolar.

What are we to do? said Mrs Dante to Uncle Dieter, She goes this way and that way.

With an open mouth, said Uncle Dieter, That's what a Kreepy Krauly does. Throw her in the pool.

Daughter was devastated. For weeks she sat on a tiny bench in the back yard. She did not move. Mrs Dante watched her through the window.

Use your hands! she screamed, Use your hands!

One day Daughter could not take it any more. She decided to end it all. She got up and walked to the gate.

Where are you going? screamed Mrs Dante.

I'm going to use my hands! screamed Daughter.

She walked down the street. She turned the corner and walked to the centre of town. It was five o'clock and she was on her way to the busiest intersection. Hundreds of people in hundreds of cars were trying to get home, people who were tired and impatient, people who found it hard to make a decision, children who found it hard to breathe in the smoke of their parents.

Daughter walked right to the middle of the intersection. Cars were hooting and people were screaming.

Let this be it, she thought. She closed her eyes and started using her hands. She put one up in the air. Then she started waving with the other one. Suddenly there was silence.

I'm dead, she thought. She opened her eyes. She was still in the middle of the intersection. A stream of cars was passing quietly, the others were waiting. She dropped her hand and lifted the other one. Now the others were driving and the rest were waiting.

Today there are thousands of people at intersections, using their hands. Some are ugly, some are beautiful, some cannot close their mouths completely. But they teach us peace and respect, more than we have for a traffic light, a stop sign or each other. Healers in ugly green jackets, that's what they are. And slowly, slowly we are making progress.

(from the *10 Winter Nights with Nataniël* stage production, 2011)

PITTE

Daar is 'n tipe vrou wat heeltemal gemaklik is daarmee om haar tyd op hierdie aarde sonder 'n krummeltjie grimering deur te bring. Sy lyk altyd dieselfde of sy nou 'n veeveiling of 'n voorlesing bywoon. So raak almal haar gewoond. En wanneer sy dan wel eendag by 'n baie spesiale geleentheid soos 'n doop of 'n blommeskou opdaag met die geringste teken van lipstiffie, hoe gedemp ook al, kan niemand dit aanvaar of verwerk nie en lyk sy meteens goedkoop of oordadig.

Naby ons muurbalbaan het Selons gewoon. Sy was só 'n vrou. En omdat selfs die vaalste van wesens geregtig is op 'n lewensverhaal, was sy getroud met 'n man wat totaal die teen-oorgestelde was. Hulle was nie 'n jong egpaar nie en soos dit die gewoonte was in barbaarse tye moes hulle eintlik as Oom en Tannie aangespreek word, maar niemand het dit gewaag nie.

Selons se man het geweier om ouer te word. Sy regte naam was Fillipus. Hy was mal daaroor om sy eie sêgoed op te maak. As hy jou wou groet, het hy sy hand uitgesteek en gesê, Maar sit hom daar! As hy wou koffie hê, het hy gesê, Maar gooi nat jou naaste! As hy wou eet, het hy gesê, Maar kom heel my holte! Soos enigeen wat dit nie het nie, het sy lewe gedraai om geld. Sy gunsteling-sêding was, Pitte gee jou hitte! Op die ou end het almal hom Pitte genoem.

Selons en Pitte het feitlik aparte lewens gelei. Selons het ge-skarrel in die tuin, uitgehelp waar siekte was, vrugte ingelê, geskilder met skulpe, behoort aan die biblioteek en gery met 'n bakkie, enigiets waarvoor jy 'n voorskoot sou nodig kry. Pitte was 'n verkoopsman van polisse tot stofsuiers tot opregte hondjies, enige ding wat hy in die hande kon kry, hy sou kaggel-as verkoop het as daar 'n mark daarvoor was. Hy was elke dag spoggerig uitgevat en het gery met 'n Cortina Convertible.

Pitte was die eerste man wat my laat besef het daar is ander neigings en rigtings op aarde as wat almal navolg. Hy het al-tyd lekker geruik. Sy hare was agteroor ge-olie in 'n brander-formasie. Hy het 'n kettinkie om sy nek gedra en sy broeke het bietjie meer knap gesit as ander mans s'n. Sy skoene het skerp punte gehad en aan sy pinkie was 'n ring met 'n swart steen. Sy tande was spierwit en sy gesig het geblink.

My ma het altyd gesê, Daai man is banger vir 'n plooi as vir die oordeelsdag. Hy sal dat Selons plakpapier vreet van armoede solank hy homself net kan smeer met elke klont nagroom wat sy vel nog kan verorber.

Dit was die waarheid. Pitte was 'n trotse man, behep met sy voorkoms. Daar was niks verkeerd met sy hormone of manlikheid nie, sy grootste liefde was net eenvoudig die weerkaatsing van 'n spieël.

Op 'n dag vra Selons vir my ma of sy wil saamry, daar is blykbaar 'n AGS-kermis op die dorp langsaan en jy kan 'n bootreis wen na Algerië, blykbaar is dit nie 'n vreeslike deftige boot nie, die meeste van die passasiers word vermoor, maar vandat sy daai groot puzzle gepak het, wou sy na die noorde, dalk as sy op 'n stoel staan kan sy Egipte sien. My ma sê toe sy sal saamry, dit was net voor haar verjaarsdag en niemand maak 'n souttert soos 'n AGS nie.

Hulle kom toe op die dorp aan, my ma sê sy koop sommer twee soutterte, so 'n mooi bleke met geblikte aspersies en 'n bont een met Weense worsies. My ma sê sy weet daai worsies het kalfshoef en varkstert in, maar hulle sit mos kaas oor, sy wéét al die vrouens gaan twee keer skep.

My ma sê vir die bootreis moet Selons toe deelneem aan 'n kompetisie waar jy aartappels moet raak byt in 'n emmer water en Selons is seker al so moeg vir plakpapier, sy byt twaalf aartappels raak in een minuut en kom tweede. Pleks van 'n bootreis wen sy 'n make-over. Selons sê toe nee dankie, hulle moet ry, maar twee vrouens gryp haar en sê die salon is naby, dis in 'n vrou se huis. My ma sê sy self het nog nie een gesien nie, maar blykbaar is daar min dinge erger as 'n AGS make-over. Sy sê hulle kam en blaas vir Selons en verf haar wange so pienk soos rou skaapvleis, hulle plak vir haar wimpers en pluk haar wenkbroue so dun soos daai vrouens wat boeke doen by 'n garage. My ma sê sy's so gespanne sy lig later die tert se plastiek en eet twee worsies uit sodat sy net nie hoef te antwoord as Selons vra hoe sy lyk nie. Sy sê toe Selons met haar skaaptjopwange terugklim in daai bakkie toe lyk sy soos 'n hoer wat in 'n slaghuis wegkruip.

En dis toe die begin van die einde. Daai week wou niemand opregte hondjies koop nie en toe Selons met haar make-over by die huis kom, sit Pitte al klaar op die bank. Hy skrik hom boeglam en alhoewel hy dit nooit sou sê nie, lyk Selons vir hom pragtig. Hy hardloop spieël toe en besef hyself doen heeltemal te min. Net daar verkoop hy sy Convertible en laat maak sy neus kleiner. Dis 'n groot gebeurtenis. Niemand op die dorp wil dit erken nie, maar hy lyk fantasties. En na 'n leeftyd van nagroom en skerp skoene besef Pitte daar is 'n hele nuwe wêreld. Hy verkoop die eetkamerstel en die hi-fi en laat maak sy neus nog kleiner. Nou lyk hy glad nie meer mooi nie, maar hy kan nie ophou nie, hy verpand alles wat rondlê en laat sny nog. Uiteindelik is die neus weg, daar is niks, dis seepglad soos 'n vis. Pitte is mal daaroor, maar moet asemhaal deur sy mond. 'n Oop mond lei altyd tot ellende en die dag toe 'n klein voëltjie daarin vlieg, besluit Pitte hy laat dit toewerk, hy los net 'n gaatjie vir 'n strooitjie.

Die operasie is 'n sukses, maar sonder vaste stowwe verloor hy baie gewig en so verskyn die eerste plooi. In sy nek. Toe een op sy boarm, toe een op sy bolyf. Pitte verkoop Selons se bakkie en laat al drie verwyder. Maar die plooie hou aan verskyn. Pitte verdeel die erf in twee en laat weer sny. My ma sê teen daai tyd vreet Selons die plakpapier in sulke repe van die muur af, maar dis te laat. Sy sê uit Pitte se gaatjie kom nog net een sêding: Sny my!

Uiteindelik is die huis ook verkoop en die res van Pitte is verwyder. Selons woon agter oumense se huis in 'n tent, Pitte se kop lê op 'n matjie, koeëlrond met twee oë en 'n gaatjie. Daar is niks meer oor nie, nie van hom nie, nie van hulle besittings of lewe nie. Maar daar is ook niks meer wat hom pla nie, hy is uiteindelik gelukkig.

Selons en Pitte het nie rêrig familie of vriende nie, mense help maar as dit swaar gaan en so af en toe gaan kuier my ma. Sy en Selons vat dan vir Pitte uit die tent uit en rol hom heen en weer op die gras. Sy sê elke keer as sy terug by die huis kom, gooi sy nog iets weg. Sy sê ons het heeltemal te veel goed, dis ongelooflik hoe min ons rêrig nodig het.

(uit die *10 Winter Nights with Nataniël*-verhoogproduksie, 2011)

'N DING MET 'N FLUIT

'n Gewoonte is 'n ding wat só gereeld deur iemand gedoen word dat hulle glad nie meer daaroor dink nie. 'n Groot deel van ons tyd op aarde word afgestaan aan gewoontes en heelwat van dié gewoontes maak glad nie sin nie, maar word nooit bevraagteken nie.

Suid-Afrikaners het byvoorbeeld die gewoonte om op 'n vraag te reageer deur eers nee te sê en dan die vraag te beantwoord.

Hoe gaan dit?

Nee, goed, man.

Hoe was die rugby?

Nee, lekker.

Hoe was die weer?

Nee, warm.

As jy vra: Wil jy 'n koppie tee hê? sê hulle: Nee, jong, ek moet seker ry! En dan sit hulle.

Ander gewoontes word wel bevraagteken, maar maak volkome sin. My ouma het altyd die gewoonte gehad om geld wat rondlê of wat oorbly ná inkopies, in haar klere weg te steek, in sakkies en some en voerings en plooie. Dan vergeet sy daarvan en ontdek dit weer eendag. Dit het veroorsaak dat sy altyd vrolik was. Eenkeer by 'n begrafnis het sy só baie geld in haar mou ontdek dat sy Joegaai! geskree het toe die kis begin sak.

So maak ek klaar met skool en gaan studeer op Stellenbosch. Dit was vir almal duidelik dat ek privaat verblyf moes kry, 'n manskoshuis sou net lei tot moleste. Tannie Gwan (my ouma se niggie wat 'n sendeling was en in Malawi deur terroriste ontvoer is en toe ná haar ontsnapping by 'n dokter op Stellenbosch kom werk het) laat weet toe daar is 'n oop kamer in Tannie Ita se woonstel reg onder haar eie.

Tannie Ita was 'n gevorderde bejaarde met 'n grys rol hare en baie goeie maniere. Haar een seun het oorsee gewoon en die ander een was 'n homoseksueel. Sy het op die grondvloer gebly in dieselfde blok woonstelle as Tannie Gwan. Dit was regoor De Wets, die bekende afdelingswinkel. Dié winkel het geslagte lank behoort aan dieselfde familie en het 'n hele straatblok vol gestaan. Dit het houtvloere gehad en geen hysers. In Londen lok só 'n winkel net skatryk klante, in Stellenbosch lok dit muise, rotte en elke ander plaag. Dit het altyd geklink of dit reën soos die muise in daai winkel rondgehardloop het, maar nog steeds het die mense gegaan want jy kon daar goed kry soos hekelgare en snuif wat nêrens anders meer te koop was nie.

Op 'n stadium het dié muise onderdeur die straat beweeg en in die woonstelblok begin verskyn. Orals was klein swart kolletjies. Ek het vir my ma gesê Tannie Ita moes baie mal wees oor anys, sy't mosbeskuit, mosbrood, mospastei en moskoekies. Toe sê my ma, dis muismis, ek moet haar vertel, op daai ouderdom sien jou oë glad nie meer kolletjies nie óf net kolletjies.

Ek vertel toe vir Tannie Ita van die plaag en sy en 'n ontsettende ou oom gaan koop muisvalle. By De Wets. Van toe af hang daar elke oggend 'n vet muis teen die yskas af. Tannie Ita sien hom eers raak teen etenstyd, maar dan is ek lankal die strate in. Ek vra later my ouers of ek iewers anders kan gaan bly, maar my ma sê al is Tannie Ita se een seun nes 'n vrou, het sy die geldjie nodig, sy neem aan soveel bejaarde aktiwiteite deel, dis 'n voorbeeld vir ons almal.

Dit was waar, Tannie Ita het kaart gespeel, sy't behoort aan 'n klub wat elke maand met 'n bus reg rondom Stellenbosch gery het en dan het hulle gestop vir slaai onder 'n afdak. Verder het sy in 'n senior koor gesing, maar nie soos gewone oumense – almal sing die wysie – nie, hulle het gesing in stemme, bewend en dwalend, dit het geklink soos spoke op 'n baie ou kasset.

Daai tyd ontmoet ek vir Dijkerman Höbel. Hy was 'n lang student met dromerige oë, 'n lang blonde kuif en vierkantige lippe. Hy het fluit gespeel in die universiteit se orkes, glad nie goed nie, maar niemand het omgegee nie, hy was pragtig en die konserte was vol. Op 'n stadium vertrek Tannie Ita en nog bejaardes op 'n toer na die Bybellande, ek gril te veel om die muisval bo-op die yskas te stel, later is daar soveel van hulle, jy kan snags hoor hoe skuif hulle die meubels.

Ek besluit toe, ek nooi vir Dijkerman Höbel vir 'n drankie, dan kan hy op sy fluit speel, dalk volg die muise hom huis toe. Dijkerman daag toe een aand skemertyd op, dis die eerste keer dat ek sy kuif van naby sien, ek is so gespanne, ek drink 'n halwe bottel van Tannie Ita se sjerrie voor ek onthou om hom te vra om te speel. Hy speel toe fluit, maar so vrot dat daar nie 'n muis verskyn nie, in fact, só vrot dat die een muis twee dae later self 'n fluit by De Wets gaan steel en dit saans begin speel.

Dijkerman steur hom aan niks, hy lyk net mooi, drink net nog sjerrie en sak al hoe laer op sy stoel. Ek is só opgewerk, ek weet nie of ek moet skree vir hulp of lip-ice aansit nie. Toe skielik vra Dijkerman of ek lus is vir 'n pilletjie.

Ek sê, Vir 'n kopseer?

Nee, sê hy, dis soos 'n kalmeerpil, hy drink dit dat hy nie bewe met die fluit nie, dis nie drugs nie, maar saam met 'n drankie laat dit jou lekker voel.

Ek sê, Ek voel al baie lekker.

Dijkerman sê toe dan gaan hy maar eerder, maar kan ek die pilletjies vir hom hou, hy is bang hulle krap in sy goed by die koshuis.

Ek sê toe dis reg so, maar daai nag kry ek nie 'n oog toe nie, sê nou maar die goed is onwettig. Ek kan dit ook nie weggooi nie, wat sê ek vir Dijkerman. So sit ek die lig aan en maak Tannie Ita se gangkas oop. Binne teen die deur hang die lelikste rok in die geskiedenis van lap. Die onderste deel is oranje en skop uit na buite, die boonste deel is wit en gesmok met honderde plooitjies. Ek besluit toe smok is vir smokkel, ek gaan druk in elke plooi 'n pil, oumense gooi niks weg nie, ek haal dit net weer uit as Dijkerman kom kuier.

Tannie Ita keer die volgende week terug van al haar lande en 'n dag later vra Dijkerman sy pille, hy voel 'n bietjie op edge. Daai middag maak ek die kas oop. Die rok is weg. Ek soek vir Tannie Ita, sy's ook weg. Ek hardloop op na Tannie Gwan. Sy sê Tannie Ita is uit met die koor, hulle het almal hulle lelike rokke aan.

Ek sê, Hoe lelik is die rokke?

Sy sê, So oranje en wit met smokwerk.

Die koor het toe gaan sing op 'n begrafnis. Die oorledene was 'n lid van die klub met die bus. Blykbaar het Tannie Ita op 'n stadium begin rondskuiwe, toe't sy gesê sy kry warm, toe't sy begin sweet, hulle sê sulke helder kolle, en toe gly sy net van die kerkbank af. Hulle dog sy's dood en dra haar tot voor langs die ander lyk en sing toe nog 'n spooklied. Maar nog voor hulle klaar is, toe snork Tannie Ita kliphard.

Sy't eers vier dae later wakker geword. Die dominee wou hê sy moet kom praat oor haar skyndood, maar sy sê sy't net geslaap.

Iewers op 'n wolk. Sy sê haar koorbloes is bont gevlek, geen mens weet van wat.

Ek is tot vandag toe 'n bietjie histeries. Ek het byna my landlady vermoor met beeldskone Dijkerman Höbel se fluitpille.

En dit breek my hart, ek sien elke dag die mooiste mense, blonde goed met lang kuiwe. Maar hulle sal vir jou enigiets laat doen. Hulle kom nie in my huis nie. Ook nie 'n ding met 'n fluit nie.

(uit die *Seven Loud People*-verhoogproduksie, 2012)

DANS

Dit gebeur dikwels dat mense deelneem aan aktiwiteite wat op die oog af vreemd lyk of nie by hulle pas nie, maar dat daar wel 'n doel agter is. Sportmanne sal balletklasse bywoon, want dit help om hulle spiere sterk te maak. Duisende mense gaan elke dag gym toe, want hulle mag dalk iemand ontmoet vir 'n moontlike verhouding of kortstondige sonde.

So is ek gebore sonder die geringste teken van koördinasie. Ek en my gedagtes en my mond is besig met een ding terwyl die res van my lyf 'n heel ander lewe lei. Ek was nooit daarvan bewus totdat ek die eerste keer 'n troue bygewoon het nie. Almal het aan tafels gesit en gesels, daar was hoenderpastei en vriendelike kelners en ek het geen onheil vermoed nie. Die volgende oomblik bars 'n stuk musiek los en almal gaan aan die dans, twee-twee al in die rondte asof hulle almal saam iewers geoefen het. My mond het oopgehang, dié een draai in die rondte, die ander een gaan onderdeur nog een se arm, dan trap hulle vorentoe, dan trap hulle agtertoe, hoe weet hulle wanneer gebeur wat?

Jare later word ek weer na 'n troue genooi, dieselfde storie. Ek's net aan die gesels, woerts! spring almal op en begin weer dans. Diékant toe en daaikant toe, is dit 'n kode? Is daar boodskappies in die musiek wat ek nie kan hoor nie?

So suffer ek 'n leeftyd lank met my ongehoorsame lyf en ledemate wat glad nie wil deelneem aan hierdie aardse aktiwiteite nie. Selfs tydens repetisies vir my eie vertonings leer die ander die bewegings aan binne 'n paar uur, ek vat weke voor ek die eenvoudigste roetine kan onthou. Dis nie rêrig iets waaroor ek praat nie, maar vir jare probeer ek verstaan hoe dit werk, wat weet die ander wat ek nie weet nie.

Ek kon nog nooit 'n televisiereeks klaarkyk nie, op 'n stadium verloor ek belangstelling, maar vir jare sit ek vasgenael voor elke episode van *Strictly Come Dancing*, bekende persoonlikhede wat nog nooit kon dans nie, leer binne weke om te dans. Hulle draai en swaai en wals en foxtrot en quickstep, ek sit verstom.

So lees ek eendag 'n artikel waarin daar beweer word dat niks op aarde beter is vir koördinasie as ballroom-danse nie, en dat dit een van dié gewildste aktiwiteite in die wêreld is, selfs in Suid-Afrika, in sekere lande is dit al 'n amptelike sportsoort. Ek besluit dis tyd, só onnosel is ek ook nie, ek gaan klas neem, al gee ek nie twee treë in die regte rigting nie, gaan ek ten minste omring wees van hemelse wesens, niemand op aarde het mooier boude as ballroom-dansers of ysskaatsers nie.

Ek wil nie hê iemand moet weet van my planne nie, so ek kan nie rondvra nie, ek soek na 'n dansplek in die Geelbladsye. Jy sal my nie glo nie, maar daar is honderde. Ek kies op die ou end 'n ballroom-skool in Centurion, daar sal niemand my herken nie. Ek bel en vra watter aande is vir beginners, hulle sê Dinsdae, maar ek moet die regte skoene hê, jy kry dit by so en so. Ek gaan koop vir my 'n paar ballroom-skoene. Dit is 'n sagte skoen met 'n lae hak en word spesiaal gemaak vir dansers. Vir presies vyf minute is dit die gemaklikste skoene op aarde. En dan breek alle hel los. Niks, niks maak seerder nie, dis 'n pyn wat jy moet beleef om te glo. Ek weet nie hoekom daar tronke op aarde is nie, jy kan vir 'n moordenaar net 'n paar ballroom-skoene aantrek, hy gaan nêrens.

Die volgende Dinsdag parkeer ek voor die dansskool. Ek wéét dit gaan 'n romantiese ou saaltjie wees, met instrukteurs in stywe pikswart broeke, witwarm gode met name soos Manuel of Alejandro, ek vergeet heeltemal die plek se naam is Herman's Dance Academy.

Ek klim die trap op en stoot die deur oop. Huis Nerina op Porterville se siekeboeg is meer romanties. Dis 'n vierkantige vertrek met dowwe geel mure, in die een hoek is 'n waaier met papier-streamers, in die ander hoek is 'n tafel met 'n hi-fi, 'n ketel en kitskoffie. Op die dansvloer staan die vyf lelikste mense in die heelal. In die middel staan die instrukteur, Herman. Hy is amper sestig, hy het 'n baie groot broek aan, dieselfde kleur as pannekoekdeeg, hare wat lyk asof hy al baie elektrisiteit ontvang het en los lippe soos 'n hond agterop 'n bakkie. Ek trek my skoene aan en stap nader.

Vanaand doen ons die samba, sê Herman, Dis 'n smeulende dans.

Ek het nie geweet samba is 'n dans nie, my ouma het sulke salf gehad vir haar voete en ek weet ek gaan binne minute bid vir so 'n potjie.

Om dit makliker te maak, sê Herman, Kry elkeen 'n dansmaat met dieselfde liggaamsbou.

Toe stoot hy 'n stokou dame in my rigting.

Die Japannese waai hulleself koel met waaiers met prentjies op. Wanneer 'n waaier toegevou is, sien jy net die begin en einde van die prentjie, soos twee blare, maar eintlik is dit 'n boom, jy moet dit net oopvou. Só lyk die dame. Sy't 'n breë kop, dan begin haar romp en dan is daar twee voete. Sy lyk soos 'n skon. Ek dog toe dalk moet mens haar eers ooptrek of optrek soos 'n strandsambreel. Toe die musiek begin, kry ek haar aan die nek beet en begin trek.

Wat maak jy? sê sy, Hou my vas.

Net toe begin my voete klop. Ek sien swart kolle voor my en gryp die vrou.

Werk die heupe! skree Herman. Maar sy broek is te groot, ek kan glad nie sien wat om te doen nie.

Guantanamera, sing my dansmaat. Sy skuur teen my.

Toe ek nog klein was, het Pamela Rosenkrantz eendag vir my een van haar skoolbroodjies gegee. Ek het nie geweet daar was lewer op nie en het 'n groot hap gevat. Ek sal die reuk nooit vergeet nie, dit was iets tussen wildspastei en die binnekant van 'n baie ou motor. Dit is ook die reuk van 'n swetende skon.

Ons is nog nie twee keer om die baan nie, toe's my voete dood, my neus is dood, my hoop is dood. Manuel en Alejandro is dood nog voor ek opgedaag het, die vuur wat tussen my polsende heupe moes brand, is geblus. Vir ewig. Ek is tot stilstand geruk deur die werklikheid, wrede skoene en 'n klam skon.

Vandag kan ek staan en ek kan sit, ek kan loop, ek weet waar is voor en waar is agter. En ek is dankbaar. Nederigheid kom na elkeen op 'n ander manier. Myne is aan my besorg in Herman's Dance Academy. Ek bewonder dié met koördinasie, ek kyk na dansers met verwondering, op televisie, op die verhoog, op straat. As jy my ooit sien in 'n winkel, koorsagtig besig om 'n paar perfekte boude te agtervolg, moenie lelik praat nie, moenie sê, Ja, daar gaan hy, nie. Dis nie wat jy dink nie. Dis nederigheid. Dankbaarheid en nederigheid.

(uit die *Seven Loud People*-verhoogproduksie, 2012)

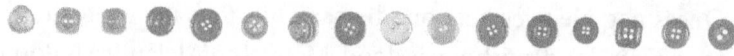

LEANING MAN

One of the most important facts about living in the city is that very few people will know who you are. You can hide anything you want to, even your appearance can be hidden for a long time before somebody will notice. You can live next to the most obese person and will not know it until the day they break down the door. Terrorists, murderers, neglected elders, immigrants, tropical animals or people who cut their own hair can live next to you and you will not know.

I was a young man when I arrived in the city. Every day was a revelation. I did not have to greet anybody, I could go into a shop and buy clothes that were never intended for me, I could have a meal anytime of the day! One night I went into a place with neon lights and experimented with drinks I had never heard of, I also met somebody who, later that night, took my innocence in the most pleasant way.

I was so grateful that I decided to become involved in the community, to help somebody less fortunate than me, maybe correspond with somebody in prison or in some war. So I phoned the jail and told them I would like to write somebody some letters. The person on the other end said I was a manbitch and put the phone down. Then I asked around but people said there was no war either. Finally I bought a magazine that was wrapped in plastic to see if I could find an address.

On the second-last page of the magazine were messages from all kinds of people looking for friendship. The one that caught my eye was called Lonely At The Top. I decided to write. I wrote that I was a young man who loved my new life in the city and that I hoped my letter would be welcome.

Two weeks later I received a letter from Lonely At The Top saying he was also a young man in the city, and he did not mind my letter, it made him really happy. He also wrote that he had never seen writing paper with naked little soldiers before.

Then I wrote back and said I hope he was not upset by the naked little soldiers, I had bought the paper when I was still planning to write to somebody in the war.

Two weeks went by, then three weeks. I heard nothing from Lonely At The Top. Finally I got so upset that I went to a place with neon lights and experimented with drinks all night. Three days later when I woke up, there was a letter from Lonely At The Top. He apologised for not replying sooner and said it had been raining and when he tried to write, the letters got really wet.

I then wrote back and said, Go inside.

Then he wrote again and said it always happened, even when he went inside. I got really upset. That could only happen if you were living in a box. But why would he call himself Lonely At The Top? Maybe he was homeless and lived in a box on a roof.

I wrote a letter and asked him what he did for a living. He wrote back and said he cleaned the windows of very high buildings.

And that explained it. He was lonely because he worked up in the air where nobody could speak to him. Unless I went to a high building and opened a window and spoke to him, there was nothing I could do. I decided not to write again.

One month later I received a letter. Lonely At The Top wrote that he had never done something like that before, but he would like to invite me for a visit.

I thought maybe he got excited by the little soldiers, so I took some blank paper and wrote that I did not think it was a good idea, I did not even know his real name or who his family was.

He then wrote and told me his name was Freedom. He said his father grew up on a farm and had to walk to school every day. He said it was a very windy area and by the time his father was twelve, he had walked in the wind so often, he was leaning forward at an angle of 45°. He could never stand up straight again and grew up leaning forward. Very few people spoke to him because they thought he was falling over.

I wrote back to sympathise and asked him who his mother was. I did not know that leaning people could marry.

Freedom wrote a long letter. He said his father had always been looking at the ground and one day at the station he saw two beautiful feet. He tried to look up but could only see up to the knees. They belonged to a very, very tall girl. He followed her and when they were alone he asked her to lie down so he could see her face. She agreed to lie down only because he was as unusual as she was. She told him she was from the East, but nobody would talk to her because she was much taller than anybody else. So she came here to work in the circus and find a husband. Then he asked her to marry him and they went to live on the farm, because they could both fit into the barn. Until Freedom was born. That was the end of the letter.

In my mind I saw a man at a 45° angle. Then I saw this very, very tall girl from the East. And then I pictured the baby. What I saw in my mind could not be true. So I wrote and asked Freedom for his address.

Two weeks later I got on the plane and flew to the city where he lived. I was very nervous, so I experimented with drinks the whole way. Finally a taxi dropped me in front of a large building. I was too nervous to go in, so I decided to walk around for a while.

About three blocks further was a very tall building, made entirely out of glass. I looked up. And then I saw him. The tallest man on earth, looking like one of those waving figures made by the balloon companies, leaning across the street, slowly wiping the windows of the glass building. Nobody noticed him. Why would they? It was not something their minds would be able to take. But he noticed them, he was looking down, looking at the little people. And I did not really want to know what he was thinking.

I went straight back to the airport. I did not want to be his friend. I thought he was too beautiful. Powerful, towering and free. I did get a little bit frightened. And I did learn this: If you are not right for the place you're in, you'd better find a place that's right for you.

(from the *Black White Man Woman* stage production, 2012)

POP OF COLOUR

Tydens my hoërskooljare het ons op 'n stadium skuins oorkant 'n weduwee gewoon. Sy het 'n dogter gehad, 'n lang, seningrige wese met knieë wat gelyk het of daar ekstra beentjies in was. Haar naam was Silinda. Sy het nooit gepraat nie en net heeldag iewers gesit, op 'n trap of op 'n stoep of op 'n sypaadjie. Met haar knieë. Dan het sy met slap oë gekyk of daar mans verbykom.

Die weduwee het ook 'n seun gehad, 'n spierwit kind. Almal het hom Slang genoem want hy't gelyk of hy nou net vervel het. Slang was vreeslik grillerig want sy puberteit het te vroeg begin en hy het homself heeltyd gevryf teen meubels of motors.

Ons het hulle gelukkig nie baie te sien gekry nie. Voor hulle huis was 'n ontsettende groot vragmotor. Die weduwee was effens oorgewig en het dus jonger gelyk as wat sy was. Gevolglik het sy 'n kêrel gehad, maar wou nie dat hy in die huis slaap nie, want al was daar buite-egtelike aktiwiteite en twee kinders op hitte, het sy op haar manier geglo aan die Bybel. Dus het die kêrel elke aand in die vragmotor geslaap, daar was 'n bed en stoele en 'n waaier en 'n klein yskassie agterin.

Die weduwee het baie middae ná werk by my ma ingeloer vir tee en om tydskrifte te leen.

Sy was altyd op soek na nuwe idees met klere en was mal daaroor om die frase "A pop of colour" te gebruik. Haar gunstelingkleure was pienk en geel. Dit was nogals uitsonderlik want in daai jare was gewone mense mal oor bruin en ougoud en goed soos geelhoutmeubels, sonfiltergordyne en rottang. Jy kon nou loop soek het na die reinste kol in jou hart, maar op die ou end was daar net een woord om die weduwee en haar omstandighede te beskryf en dit was kommin.

Op 'n stadium het van die mense in die omgewing begin kla oor die helse vragmotor wat die hele straat vol staan en die buurt ontsier, wat help dit jy sny jou gras en oorkant die pad lyk dit soos Epping. Die weduwee slaan links en regs vure dood en lewer koeke en fudge af, maar die ontevredenheid wil nie gaan lê nie. Uiteindelik besef sy sy en die kêrel sal moet trou dat hy in die huis kan slaap.

Ek hoop net nie ons word genooi nie, sê my ma, Daai affêre kan onmoontlik iets wees wat 'n mens sal wil onthou.

In daai dae was 'n trourok wit en lank en vir 'n tweede troue room en kort.

Ek is nie iemand wat oordeel nie, sê my ma, Maar ek sidder nou al. Kan jy dink watse gedagtes is daai vrou aan die kry.

Op 'n stadium verskyn daar 'n tydskrif met 'n artikel oor on-
gewone troues. Daar is ook 'n volbladfoto van 'n bruid met 'n
rooi trourok en 'n pikswart gidshond. My ma gooi onmiddellik
die tydskrif weg voor die weduwee dit kan leen, maar dié het
dit toe klaar gesien by die haarsalon en die koeël is letterlik
deur die kerk. Binne twee weke ontvang elke huishouding sy
troukaartjie. Die tema is POP OF COLOUR en binne-in elke
koevert is daar 'n stukkie papier wat die kleur van elke familie
aandui. Ons gesin s'n is ligpers. Om dinge nog interessanter
te maak vind die troue plaas op Robbeneiland. Die kêrel is 'n
tronkbewaarder en kan die kapel en sy sysaal verniet gebruik.
Ek het die vorige jaar 'n musiekprys gewen en word gevra om
die troumars te speel. Ek gaan nie nou uitbrei oor die ellende en
lyding van die paar weke voor die troue nie, maar die weduwee
is horende doof en planne bly onveranderd.

En so gebeur dit dat op 'n Saterdagoggend in die laat sewen-
tigerjare 'n ontstellend bont groep mense op 'n kaai in Kaapstad
verskyn. Ons gesin lyk soos die personeel by 'n inrigting vir
sielsiekes. Die dik Nelle is in tropiese geel en lyk soos 'n toneel
uit 'n musical oor lukwarte. Die weduwee se twee kinders is in
spierwit, Silinda lyk soos 'n gevriesde vis en Slang lyk soos 'n
spook.

'n Tikkie wit, sê my ma, Daar's nog hoop.

Dit was in die dae voor toeriste Robbeneiland kon besoek en
ons word dus opgelaai deur 'n personeelbootjie, 'n voos vaar-
tuig uit hout en sonder 'n dak. Ons styg en val en dobber
deur daai oseaan soos 'n vlot vol kleurblind vlugtelinge. Bleek
gekots maar helder geklee bereik ons die eiland. By dit alles is

ons nog ekstra benoud want ons het gehoor die hele plek is vol moordenaars en terroriste en party van hulle is kelners by die onthaal.

Uiteindelik is almal in die kapel. Slang het net begin liefde maak met die konsistorie se deurknop toe gee die koster die teken en ek in my pers gewaad tref middel-C. Almal kyk in die paadjie af. Afgeëts teen 'n ry tronkvensters staan die weduwee in 'n skepping van pienk en geel blokkies, sy lyk soos 'n groot pak NikNaks. Maar almal is nog lam van die bootjie en niemand sê 'n woord nie.

Op Robbeneiland is daar nie juis 'n gepaste hoekie vir troufoto's nie, wat beteken 'n halfuur later sit ons reeds in die sysaal aan by lang tafels versier met skulpe vol pienk en geel blomme, en – mag die hemele ons vergewe – word bedien deur mense wat 'n paar jaar later die land sou regeer en die Nobelprys ontvang.

Ek kan nie onthou hoe ons weer die vasteland bereik het nie, maar 'n week later keer die weduwee en haar man terug van die wittebrood en word die vragmotor weggetrek. Almal sug eers van dankbaarheid en snak toe na hulle asem. Die vragmotor was so lank daar dat ons vergeet het van die huis, 'n goudgeel riller met 'n pienk dak. Op die trap sit Silinda en loer straataf met slap oë en op die bank sit Slang en wikkel dat jy die splinters hoor kraak.

Ons het almal omgedraai en by ons huise ingeloop. Ons het almal begin droom van 'n vragmotor in die straat.

Maar so twee dae later het ek my ma oor die foon hoor praat.

Dis maklik om te kry, het sy gesê, Ry net af met die straat tot by
so 'n pop of colour, ons is skuins oorkant.

(uit die *Pop-up!*-verhoogproduksie, 2012)

DENISE

Aches and pains are part of our lives, and we have learned to live with them because we know they will go away, we take a pill and continue with our activities. Except for stomachache. Stomachache stops us in our tracks, old or young, we become uncomfortable, weak, needy and deeply unhappy.

Stomachache is regularly caused by bad food or excess, but mostly by fear, tension, worry and stress. I come from a family with very fragile stomachs and most of our problems will eventually find a home in our insides. I remember staying out of school many times, being cared for by my mother, but my longest stomachache was from 1976 to 1985.

During the first few years of a child's life, he is not really aware of his physical appearance or condition. He may look at his parents and see that they are attractive, he presumes that he is too, and that is the end of it. But then his hormones, his body, his voice and his thoughts start to change, and that is when awkwardness arrives.

It was during my last year in primary school that I discovered my face was different from those of other boys. It was soft, like food that contained gelatine. It was wide and pale like a bread roll, with full, pouting lips like somebody who got stuck to a trumpet. I became shy and tried to be invisible. I started speaking in a soft, husky voice. This had the wrong effect and made me more noticeable than most people on earth.

But there is one thing on earth that an uncomfortable teenager fears more than anything else: curly hair. With the exception of one Whitney Houston music video and one iconic picture of The Doors, nobody in this world wants to have naturally curly hair. Millions have been spent on the beauty of straight hair. Curly hair is a once-off experience, acceptable only at weddings or New Year's Eve celebrations. But by the time I reached high school, few teenagers had to worry about this, because most of the world's curly hair was on *my* head. Those were not soft curls that could be moved by the wind or other elements of nature, it was a merciless, dense growth that made me look like I was found at the bottom of the sea, the boy who turned into a coral.

And so it was that I arrived for my first day in high school with my bread roll, trumpet, husky voice and coral. To make things even worse, our teacher was a tall woman with no lips, it looked like she was speaking through a large buttonhole.

Sit down, she said.

We did not have chairs or tables, but desks with seats that had to be put down before you could sit. The girl next to me was called Denise, but nobody ever knew that because she was a large girl and she did not put her seat down first, but sat on it as it went down. Then she got stuck.

The teacher looked at her and asked what her name was.

Just then her seat went down and the landing made her voice jump, so she said her name was Deni-ise.

Deni-ise was not my friend, but she was the only one talking to me at school. She would share her food with me or ask me if I was tired. She would help me up the stairs or walk behind me so other children would not step on me and she would make me laugh by getting on her seat before it went down. We never knew during which part of the lesson she would land, we always hoped it was while she was answering a question. We loved it when she said the capital of India was Mahahatmaha Gahandi.

Deni-ise was not kind to me because of my bread roll, trumpet, husky voice or coral, the real reason I will now reveal.

In those days not all illnesses or conditions had names yet. Depression had just been named, but nobody suffered from it, it was too embarrassing. Dementia was mentioned at conferences but not in real life, people were just forgetting things.

My grandmother had a sister called Una who forgot every-thing. She did remember that she loved knitting because she saw the wool in the mornings. In 1972 she started knitting a sandbag to stop the draft coming from under her bedroom door, but then she forgot what is was for, so she added a collar and sleeves, then she heard my cousin had a baby, so she added legs, then she heard on the radio it was snowing in Sutherland, so she added feet, but then she forgot about the snow and could only see the feet because the rest of the knitting was lying behind her chair, so she just continued until she had knitted the longest two tubes in history. Finally she heard I was going to high school, so she decided to give the thing to me. It was so big, it arrived in a crate the day before school started. We unrolled it in the back yard.

You have to put it on, said my mother, We'll have to send her a photograph. Of you arriving at school.

I could never do anything to hurt Aunt Una. The next day I put the thing on. It took me an hour and the feet were so long I had to fold them and let them come out the back of my shoes. I looked like a doll that was melting from the bottom. So I arrived at school with my bread roll, trumpet, husky voice, coral and two metres of woollen tubing trailing behind me. Children called me the sock and teachers looked away. Deni-ise gave me sandwiches because she thought I was paralysed from the feet down.

Ten years after school I went back to my home town for a funeral. I was successful and looking great and climbing the stairs to the church with confidence. Then I heard a scream and turned around. At the bottom of the stairs Deni-ise fell to her knees.

It is a miracle! she screamed, You've been healed! I never stopped believing!

I could not hurt her or her beliefs.

Yes, I said, It's a miracle.

(from the *Factory* stage production, 2013)

LIGGAAMSBOU

Dis my ouma se skuld dat so min lede van my familie kan swem. Mere en damme, strande en swembaddens, al daai het haar vervul met vrees.

'n Glas water is oorgenoeg, het sy gesê, Dit hou jou verstand helder. Te veel water is onheil, dit lok net karavane. 'n Rivier sou wel 'n mooi ding wees as die armes net hulle wasgoed kon uithou, g'n mens wil 'n ander man se eenvoudigheid sien verbyspoel nie.

Ek was op universiteit toe my ouma my op 'n dag bel en vra of ek en die res van die jeug ons donker planne vir 'n naweek kan uitstel, sy't ons nodig. Sy sê daar's dié naweek 'n draadjiesknoop op die dorp en sy't gesê sy sal sorg vir die catering, sy't nie die geld of die ellende nodig nie, maar dan is daar darem 'n paar minder mense om die skandes te aanskou.

My ouma het glad nie belanggestel in vrye denke of sosiale eksperimente nie en sodra iets haar moontlik kon ontstig het sy alle werklikheid geïgnoreer en net gesê dis draadjiesknoop.

Ek sê, Ouma, wie gaan draadjiesknoop?

Man, sê sy, Dis weer jou oom en sy sening. Hulle is nou anderkant besete.

Oom Krisjan was haar middelseun en het op twee-en-vyftig heeltemal snaaks geraak, hy't my tannie gelos, sy hare gekleur en begin uitgaan met 'n vreeslik gespierde vrou. Haar naam was Keisha, maar my ouma het haar Ketting genoem.

Ja, sê Ouma, Ketting en die ander weefsels het weer 'n draadjiesknoop aan by die swembad, ek kan dit nie keer nie, maar as ons die plek loop toestaan kan die Israeliete hopelik nie die hele sonde aanskou nie.

Die Israeliete was die gemeentelede, hulle kon binne sekondes opdaag in groot swerms en skinder soos onweer.

Jy gooi daai kar van jou vol petrol, ek gee elke sent terug, sê Ouma, Dan loop laai jy jou niggies op. Ek laat stik vir julle jurke, julle sal veilig wees, en dan kom help julle my. Elmo is ook hier, hy moet sien hoe sy pa sy eie spoor mistrap.

Saterdag ry ek en my niggies Wellington toe. Op pad swembad toe is daar vlaggies langs die strate en mense met sonbrille drink ystermengsels uit botteltjies met tuite. Voor die swembad hang 'n banier wat sê FEMALE BODY BUILDING FINALS, BOLAND & WESTERN CAPE. In die parkeerterrein klim Oom Krisjan uit sy Maserati met niks aan behalwe 'n rooi speedo.

Ons weet nie waar om te kyk nie, hy lyk soos 'n bol deeg wat iemand wou afbind vir twee brode.

Ouma loer agter 'n boom uit.

Ek gaan blind word, skree sy, Kom net vinnig.

Agter die boom het sy 'n laken gespan en Tannie Welma, haar maer vriendin wat al van Verwoerd se dood af loop met 'n suikerdrup, staan en wag agter 'n berg materiaal.

Trek aan, sê Ouma, Die Israeliete is honger, ons moet hulle loop weglok.

Tannie Welma gee vir elkeen 'n jurk. Dis gemaak uit ou gor-dyne en elkeen is groter as 'n bergklimtent. Ons lyk soos kamer meisies uit die vorige eeu.

Ons kan nie dit dra nie, sê ek.

Nou dan vat jy die bobotiespaan en jy grawe my graf net hier, sê Ouma, Ek het klaar die grond sag gehuil.

Ek en die niggies kyk vir mekaar en trek aan. Ouma hang 'n buisie seep en 'n lappie om elkeen se nek.

'n Mens kom nie sonder seep by soveel water nie, sê sy.

Agter die laken uit verskyn Elmo. Sy kop is geskeer want hy's 'n fietskampioen. Hy't klaar 'n rok aan. Hy lyk soos 'n spanspek wat gaan trou.

Elkeen vat 'n skinkbord, sê Ouma, As jy 'n Israeliet sien, stap jy voor hom in en sê, R5,00. As hy nie wil betaal nie, dan gee jy dit verniet. Jy hou hulle net weg van Krisjan en die Ketting. Ek wil nog een keer deur hierdie dorp kan stap voor die Skepper my kom haal.

Wat het Oom Krisjan aan? vra my een niggie.

Dis 'n Satanspleister, sê Ouma, Swaai weg jou oë. 'n Man is verlore op vyftig. Hy word mal want hy besef hy't sy besluite te vroeg geneem. Toe hy nog niks geweet het nie. Nou weet hy nog minder, maar hy voel slim. Hy neuk nou in enige rigting, hy wil voor begin. So 'n man gee jy drank tot hy slap is en dan steek jy hom weg. Maar jou oom het weggekom en loop koors kry by 'n ketting met spiere. Loop red ons familie.

Toe begin musiek speel en ons weet die kompetisie gaan begin. Ons loop swembad toe. Langs die swembad, in 'n ry, in baie klein bikini's, staan Ketting en nog nege ander vrouens met manslywe.

Waar's hulle tiete? vra Elmo.

Weggeoefen, sê een niggie.

Vir elke knop verloor jy nog tiet, sê die ander niggie.

Ek gaan opgooi, sê Elmo.

Vrouens word ook ouer en mal, sê die niggie.

Hoeveel vir 'n paai? vra 'n Israeliet.

Dis verniet, sê ek.

Binne 'n paar sekondes is my skinkbord leeg. Ek verkyk my aan die tien vrouens. Nekke soos boomkappers, skouers soos soldate, bene soos bandiete, induik-boude soos roeiers, kuite soos kangaroes. Hulle glimlag met tandartstande en bult hulle spiere, blink ge-olie soos ribbes op 'n braai.

Ek kan nie onthou wie't gewen nie. Ek het net vir Ouma vasgehou terwyl Oom Krisjan en die Ketting kar toe geloop het.

Hy was 'n pragtige baba, het Ouma gesê, Wat het die wêreld met hom aangevang?

Toe alles verby is en daar niemand meer was nie, het ek en die niggies teruggeloop swembad toe. In ons rokke. Ons het ingespring. Ons kon nie swem nie en ons kon nie sink nie. Ons het gedryf soos hartseer ballonne ná 'n verskriklike partytjie. Ons het nie gepraat nie, ons het agteroor gedryf en dié met hare het hulle s'n nat laat word, ek het 'n klein bietjie gepiepie.

Ons het geweet ons sou eendag hieroor praat, maar nie nou nie, vir nou het dit net gevoel soos reën.

(uit die *Factory*-verhoogproduksie, 2013)

HONDJIE

Een van die eerste reekse wat ooit op Suid-Afrikaanse televisie gewys is, was 'n oorgeklankte reeks uit Duitsland. Dit het gehandel oor die mense wat deel was van 'n sirkus, die hoofrolle was die trapeze-kunstenaars, Die Vlieënde Trocaderos. Ons het in Langenhovenstraat gewoon en ons bure was die heel eerste mense in die buurt met 'n televisie. Saterdagaande het hulle stoepkamer gelyk soos 'n dwelmkommune, want daar was omtrent sestig mense op hulle mat.

Ek was op hoërskool en tot op daai stadium 'n baie gehoorsame tiener sonder buie of behoeftes. Totdat die sirkusprogram verskyn het. My lewe het begin draai om Saterdagaande, ek kon nie wag om voor daai televisie te sit nie. Dit was nie die verhaal wat my geboei het nie, maar die feit dat die Trocaderos die hele tyd tights aangehad het. Nie net as hulle in die tent rondswaai nie, maar ook in hulle karavane, as hulle eet, of gesels of baklei. Die hele televisie was net vol liggaamsdele. So ook my gedagtes, elke dag, heeldag. En snags my drome.

Ek het begin opstandig raak. Ek kon met niemand regkom nie, ek het met alles fout gevind. My ouers was gedaan, maar ek wou niks weet nie. Ek wou net Duitsland toe, ek soek tights. En liggaamsdele.

Daardie tyd het my pa los werkies gedoen naweke want hy was mal oor handwerk. Hy was gedurig besig om iemand te help met sweis of meubels afskuur of enjins regmaak. Op 'n dag hoor ek hy sê vir my ma sy moet asseblief nie daaroor praat nie, maar hy moet die Swede gaan help om 'n groter bed te sweis vir die ouma, sy woon by hulle maar kan nie meer regkom op 'n gewone bed nie, siestog die mense sukkel al klaar om aan-vaar te word, niemand weet eens hulle werk by die sirkus in Goodwood nie.

Ek val amper flou. Ek strompel duiselig kombuis toe, al wat ek kan sien is Swede in tights. Ek het nooit geweet hulle is by die sirkus nie.

Meneer en Mevrou Swakkerboel was 'n Sweedse egpaar wat net 'n blok van die Suidkerk gebly het, maar niemand het met hulle gepraat nie, want hulle het nie kerk toe gekom nie. Nie-mand het daaraan gedink dat hulle nie 'n woord sou verstaan nie. Hulle het drie kinders gehad wat nie skool toe gegaan het nie. Twee seuns, Afdak en Kagon, en 'n dogter, Sweedkol. ('n Mens spel dit met 'n d.)

Sweedkol was baie lank en kon haar liggaam in enige rigting buig. Partykeer het sy heeltemal slap oor hulle heining gehang, dan het motors by tuine in of in mekaar vasgery. Niemand het geweet dit gaan oor die sirkus nie. Afdak en Kagon was net ouer as ek, maar het baie groot arms gehad, partykeer terwyl die kerkdiens aan was, het hulle van die motors kom oplig, dan het die koster kom skree hulle steel weer parte. Niemand het geweet dit gaan oor die sirkus nie.

Ek vra toe my pa of ek kan saamry as hy die bed gaan sweis. My pa skrik so groot dat ek in iets anders as televisie belangstel dat hy my eers dokter toe vat en toe ry ons na die Swede. Swede is baie geheimsinnige mense, behalwe vir Ursula Andress, Björn Borg en Ryk Neethling weet ek tot vandag toe niks van hulle af nie.

Ons ry drie keer verby die huis voor ons dit herken. Voor in die tuin staan nou 'n reusetent. In my maag begin eenduisend skoenlappers met die volkslied. Tent beteken trapeze en trapeze beteken tights. Ons hou stil. Meneer en Mevrou Swakkerboel kom uit die tent. Hulle praat saggies met my pa.

Hulle sê jy kan nie in die tent kom nie, sê my pa, Dis nie vir kinders nie. Hulle sê die ander kinders is agter die huis, jy kan soontoe gaan.

Ek is vies, maar ek loop om die huis. Agter in die tuin is Afdak en Kagon aan die oefen. Hulle breek bakstene met hulle oogkasse. Sweedkol is opgefrommel in ses verskillende rigtings binne-in 'n baie klein hoenderhok. Ek stap nader, maar ek kan nie Sweeds praat nie. Ek beduie: JY IS BAIE GOED.

Is hy doofstom? sê Kagon.

Nee, dis seker 'n mofkind, sê Afdak.

Ek gaan sit op 'n boomstomp. Afdak kom sit langs my. Hy het baie groot spiere, 'n baie bleek vel en spierwit wenkbroue soos 'n jong kweper.

Ek beduie net vir haar sy's baie goed, sê ek.

Sy's nie goed nie, sê Afdak, Sy's gehok. Dis oor Nanna Snuiferjak.

Ek het gedink julle praat net Sweeds, sê ek.

Ons is hier gebore, sê Kagon.

Wie is Nanna? sê ek.

Ons ouma, sê Afdak.

Wat makeer sy? vra ek.

Sy't Alzmeisters, sê Afdak, Sy kan niks onthou nie, toe't ons suster ons steroids en hormone in die verkeerde blik gelos, toe't Nanna Snuiferjak alles opgeëet. Nou is sy baie groot.

Hoekom het julle hormone? vra ek.

Ma en Pa Swakkerboel balanseer op mekaar se koppe en ons twee lig karre, sê Afdak, Ons moet sterk wees. Suster is vies want sy kan net buig soos 'n hoepel, dan spring die hond deur haar.

Ja, sê Kagon, Sy wil ook gevaarlike truuks doen. Met 'n baie groot hond.

Die grootste hond in die wêreld! skree Sweedkol uit die hok.

Toe begin sy ons pille vir die hond voer, sê Afdak, Ek dink haar brein is ook gebuig, want sy steek dit weg in die koekblik, toe vrek die hond en Nanna dink dis sweeties.

Is julle ouma baie groot? vra ek.

'n Kar kan onderdeur haar ry, sê Kagon, Ons moes 'n tent koop. Dis 'n groot gemors.

'n Baie groot gemors, sê Afdak, Sy eet nou twee emmers vis op 'n dag.

Is sy ook in die sirkus? vra ek.

Afdak staar na my. Toe kyk hy na Kagon. Toe spring al twee op en hardloop om die huis. Ek het vir 'n tydjie bly sit, toe't ek die hoenderhok gaan oopmaak. Sweedkol het oopgerol soos toiletpapier in 'n koshuis en toe's sy ook om die huis.

Ek het hulle nooit weer gesien nie, maar drie weke later het ons ons uitgaanklere aangetrek en toe's ons in die kar Goodwood toe. Dit was 'n ongelooflike aand. Daar was meer tights en liggaamsdele as in enige televisieprogram, daar was mans met lang messe en ongelooflike mantels, 'n vrou met een oog het 'n emmer vol gehuil en 'n dwerg met groot voete kon 'n fakkel op 20 meter doodspoeg. Toe het 'n verskriklike groot hond verskyn. Die mense het na hulle asems gesnak en benoud agtertoe gesit, maar ek het geweet dis 'n ouma met 'n koekblik se hormone. Afdak en Kagon het in klein Sweedse broekies verskyn en allerhande toertjies gedoen. Sweedkol het gebuig dat die vrou agter ons gevra het hoeveel kos 'n ruggraat en kan 'n mens dit kom aflaai.

Ek het 'n groot les geleer, die les wat my gemaak het wie ek nou is. As mense na jou staar of jou nie aanvaar nie of snaaks praat oor jou is dit heeltemal in die haak. Solank hulle net vir jou hande klap.

(uit die *Factory*-verhoogproduksie, 2013)

Reverend H

The world changes all the time and more and more people or situations become acceptable every day. But although we might not always say it out loud, we are still not really comfortable dealing with people who are the opposite of what they do, like a very thin chef, a bald hairdresser, a smoking doctor, a depressed psychologist or our current police force. This true story I will tell you now is about one of those people.

I believe many people have chosen to follow the wrong path after their families had made them go to church and suffer through a childhood of dull sermons conducted by a preacher devoid of all joy, happiness, excitement, attractiveness or life itself. That is a tragedy. An even greater tragedy is when you attend a service and the preacher is a beautiful, charismatic, fit, youthful explosion of energy and heat, and the last thought in your brain is entering the gates of heaven. Nobody can step onto the road of eternal goodness while facing a movie star on a pulpit.

When I was a teenager almost all people went to church every week and congregations had many preachers to save their souls. At the exact age when I was at my most vulnerable, confused and impressionable, we got a new preacher called Reverend H. He had a real name but I will call him that because he is still very much alive. He would have loved being called Reverend H because he looked like a secret agent. He was tall and handsome with black eyebrows, dark, shiny skin and a body as hot as the ovens of hell. He wore suits that no preacher could afford and combed his hair back like The Saint – not the one in heaven, the one on TV.

Reverend H was different from all other preachers, he could not be reached in the afternoons when elderly flock members were at their most needy, he was having his tan. He wore a shiny ring on his tiny finger and he would take a magazine and tell us boys that it was a sin to look at pornography, like this, and this, and this, and then show us twenty pictures of naked people. We never knew what he was going to do next.

One Sunday we were all sitting quietly in our seats when the vestry door opened and Reverend H climbed the stairs to the pulpit wearing a pair of big black sunglasses. Everybody stared in disbelief.

I was sitting next to my mother. She always had three main emotions, excited, nervous and worked up, all of which made her speak very loudly.

Before anybody could whisper a thing, she said in an extremely loud voice, It's an infection!

It boomed through the church like the voice of a messenger announcing that everything was all right, but I could see her hymn book trembling and I knew she was hysterical.

The next day we heard Reverend H was wearing sunglasses because he had discovered a wrinkle, people said they could hear him scream all the way to the chemist. I couldn't understand what they were saying, to me he looked like George Hamilton would have looked in *Zorro, the Gay Blade*, it was the most glamorous thing I had ever seen.

Two weeks later it was Baptism Sunday and Reverend H appeared wearing his sunglasses and the biggest diamond ring ever seen in a church. Later we heard he bought the ring after he had found a hair growing out of his ear. He baptised a baby and then his ring got hooked onto the baby's lace and he dragged the baby and the mother all the way up the stairs of the pulpit before he noticed it. Their heads were bouncing like breasts at a fun run, but we thought they were fine, only later we heard the mother had started injecting herself with household products. The baby is now a well-known grown-up and sings at local festivals with a backtrack.

A month later Mrs Bella's geyser exploded in the middle of the night, but she had taken two sleeping pills and drowned in her bed. At her grave Reverend H, with his sunglasses and diamond ring, gave a speech that made everybody cry. Then the wind started blowing and lifted his robe. Underneath it he was wearing the tightest pair of black leather pants. It looked like the bottom half of Tom Jones. I had to pick up a stone and chew on it so I wouldn't scream.

People just sighed and threw their hands up in the air.

It's the Change Of Life! they said, Pathetic!

To this day I don't know why people are so negative towards the Change Of Life. My Change Of Life started the day I earned my first money. I bought a pair of enormous black sunglasses. A month later I bought the biggest ring I could find and a pair of leather pants.

People talk about ageing, maturity, dignity and grace. But it's all panic and desperation. Have they learned nothing? If you're hot, you're hot. That's all. The rest is for beginners.

(from the *Honeybee* stage production, 2013)

DIE BEYERES

Aan die begin van my loopbaan was ek baie naïef. Wanneer ek op 'n klein dorpie moes gaan optree en die organiseerders reël nie verblyf in 'n hotel of gastehuis nie, maar wel aan huis van een van die inwoners, het ek gedog dis wonderlik, hulle is geheg aan my. Nege uit tien keer was dit egter verblyf in die hel.

So moet ek een aand gaan konsert hou op 'n dorpie wat begin met 'n P, dis naby 'n groter dorp wat begin met 'n W en 'n rivier wat begin met 'n B. Ek kan nie ná die konsert terugry nie, die pad is te nou, ek moet weereens oornag by 'n gesin van die dorp. Hulle is baie vriendelik en woon in 'n kleinerige huis met meubels wat lyk of dit kan wakker word in die nag. Die man het 'n kaalkop met 'n kring hare laag agterom, sy naam is Wiekie. Die vrou is baie entoesiasties en dra die soort klere waaroor jy nie seker is of dit 'n grappie is of nie, haar naam is Riekie. Die seun is in matriek en jy kan sien hy gaan heeltemal anders wees die dag as hy die huis verlaat, sy naam is Diekie.

Voor die konsert eet ons 'n ligte aandete van hoenderstukke wat gerol is in gebreekte Bacon Kips, gebraaide aartappels met Seafood Mayonnaise en 'n mengeldrankie van Late Harvest, Sprite en gekleurde ysblokkies. Op 'n stadium staan Diekie op om nog aartappels te gaan haal. Hy kom sit weer.

Daar's iemand op die stoep, sê hy.

Het hulle geklop? vra Riekie.

Ek het niks gehoor nie, sê ek.

Dalk reën dit, sê Wiekie en staan op. Hy gaan loer deur 'n bont glaspaneel.

Dis Mevrou Beyere, sê hy, Sy staan weer.

Hoekom klop sy nie? vra ek.

O, die Beyeres is spoggerige mense, sê Riekie, Hulle plek is vol bediendes en werkers. Hulle het baie grand gewoontes.

Dis nie grand nie, sê Diekie, Hulle's mal.

Hulle is net anders as ons, sê Riekie, Hulle hou vroeër op as ons.

Op met wat? sê ek.

Hulle doen nooit die laaste ding nie, sê Riekie, Die vrou sal kom tot by die voordeur, maar dan sal sy nie klop nie. Partykeer sal sy klop, maar dan sal sy nie praat nie.

Ek verstaan nie, sê ek.

Hulle sal baie deftig aantrek, sê Riekie, Maar dan gaan hulle nie uit nie. Of hulle sal aan tafel sit en hulle kos sny, vir ure, maar dit dan nie eet nie. Oo, dis vir my baie grand.

Ek sê, Nou hoekom staan sy op die stoep?

Ons het môre 'n tee en 'n prysuitdeling, sê Riekie, Sy wil seker seker maak alles is gereël.

Maar sy gaan nie klop nie, sê ek.

Nee, sê Riekie, Maar ek weet mos nou sy's hier, nou sal ek onthou om weer deur die reëlings te gaan.

Wiekie kom sit.

Sy's weg, sê hy, Hulle's almal so. Haar man start die kar, dan ry hy nêrens, daar's later 'n wolk soos hy idle. En daar's 'n dogter ook.

Ek sê, Ek wou môreoggend vroeg ry, maar ek sal graag wil bly vir nog 'n dag.

Riekie klap hande.

Ja, sê sy, Dan maak ek môreoggend my Aromat-eiers! En my Pilchards-en-Rice-Krispies-balletjies en pannekoekies met polonie-wiele en gouestroop.

Daai aand ná die konsert slaap ek skaars van opgewondenheid, ek gaan uiteindelik 'n familie meer eienaardig as myne ontmoet. Deur die nag krap Diekie net twee keer aan my kamerdeur, maar ná twintig rand en 'n pakkie sigarette hou hy op.

Die volgende oggend braai Riekie die polonie-wiele dat hulle regop staan soos eelte van 'n óú dansonderwyser. Ons smul soos rondloperhonde en vertrek toe na die skousaal. Die saal is verbasend stemmig met tafels gedek in wit. Al die mure is oorgetrek met wit satyn, dit lyk soos die binnekant van 'n baie groot doodskis, maar ná 'n dag en 'n nag met Wiekie, Riekie en Diekie is dit 'n welkome bleekheid.

Ons het net gaan sit, toe daag die Beyeres op. Maer, ingetoë mense, een das, twee stringe pêrels. Mevrou Beyere skud my hand.

Ons het jou vertoning baie . . . , sê sy.

Ek sê, Dankie, ek is bly julle het dit . . .

Meneer Beyere stoot 'n meisie vorentoe.

Dis ons . . . , sê hy, Pauline.

Op ons aarde is daar mense wat ongelooflik sag praat. Dis gewoonlik omdat hulle kleintyd warm pap moes eet of van 'n perd afgeval het. Pauline moes iets verskrikliks oorgekom het.

. . . . , sê sy.

Ek is so verstom, ek maak net my mond oop, 'n vraagteken val uit en gaan lê op my skoot.

Meneer Beyere gaan sit by die tafel langsaan, hy skink tee in sy koppie, lig dit tot by sy onderlip, maar drink niks. Pauline draai om en stap na die badkamer. Ek hoop dis een plek waar sy gaan klaarmaak. Iemand kondig die prysuitdeling aan. Mevrou Beyere klim op die verhoog om die prys te oorhandig. Dis 'n beker vir die dorp se skoonste winkel, die wenner is 'n vrou met 'n wolwinkel. Mevrou Beyere lig die beker van die tafel af en draai om na die wenner, maar gee haar niks. Die vrou staan nog 'n oomblik, toe klim sy van die verhoog af. Ek sit tjoepstil en hou my vraagteken vas. Pauline is terug van die badkamer en gaan sit by die tafel. Sy lyk nou of die perd haar geskop het ook.

Wat is fout? fluister ek.

Sy leun oor na my toe.

. . . . , sê sy en beduie agtertoe met haar vinger.

Ek kyk om. Agter in die saal het iemand 'n kers omgestamp en die een satynmuur is aan die brand. Niemand sien dit nie, almal kyk of die volgende wenner sy prys gaan kry.

Ons moet hier uit, sê ek.

Pauline is histeries. Sy spring op.

. . . ! gil sy.

Ek spring op. Ek wil skree, maar daar is geen geluid nie. Ek gryp Pauline se hand.

Vat my ook, sê Diekie.

Ek gryp sy hand en begin hardloop.

Hy's nog te jonk! skree Riekie en hardloop agterna.

Sy't nog nie haar tee gelig nie, sê Meneer Beyere en hardloop saam.

Een vir een sit die dorp se mense ons agterna. Uiteindelik is almal buite tussen die motors. Die saal brand soos Rome. Niemand doen iets om dit te blus nie.

Diekie steek 'n sigaret op.

Jy's te jonk! skree Wiekie.

Julle's almal mal, sê ek, Ek gaan nou ry.

Ek stap na my motor. Ek maak die deur oop. Iemand sit 'n hand op my skouer. Ek draai om. Dis Pauline.

Tot vandag toe is ek bang vir klein dorpies. Ek vermy dit soveel ek kan. Ek het grootgeword in 'n familie waar jy klaarmaak wat jy begin, waar jy glo in jouself, en deurdruk tot op die einde. Daar op die plekkie wat begin met P, naby die plek wat begin met W, langs die rivier wat begin met B, daar het ek vir 'n oomblik begin twyfel, vir 'n oomblik nie geweet waar ek is nie, besef hoe vinnig die werklike malles jou kan deurmekaarmaak. Pauline was die ergste. Sy het my teen die motor vasgedruk, benoud na my gekyk en met die pikswart rookwolke agter haar gesê, . . .

Ek sal dit nooit vergeet nie.

(uit die *Factory*-verhoogproduksie, 2013)

ANDRÉ

My ouma het altyd gesê as jy nou vir 'n seunskind van begin tot einde 'n swaar pad wil gee, dan doop jy hom met die naam André. En ons het met haar saamgestem. Ek ken tot vandag nie een André oor wie 'n mens nie wonder nie.

Ten spyte van my ouma se waarskuwings skenk haar Weskus-niggie geboorte aan 'n seunsbaba en noem hom André, 'n naam wat geen geskiedenis het in ons familie nie. Hy is nog aan die grootword toe's daar al tekens wat probleme op 'n klein dorpie waarborg. Hy help sy ma koekies versier, droog blomme en huil as hy dogtertjies sien. My ouma sê dit was 'n versteekte genade dat sy ma hom poeiermelk gegee het, as sy enkels sterker was, het hy definitief ballet.

Teen die tyd dat my verstand aktief raak, is André al uitgegroei, maar nog steeds op die dorp, dié dorp kan ek nooit noem nie, daar is nog lewende familie. Blykbaar is koekies nie genoeg nie, hy versier toe vensters, troues en enige ander geleentheid wat plek het vir 'n lint of 'n sjampanjetoring. Een keer per maand crack nog iemand op die dorp, lok hom by 'n stegie in en slaan hom goed. Die familie bly praat oor die situasie, maar bly stil as ek nader kom, een begin sommer sing.

Net nie Ouma nie. Ek het nooit geweet wanneer let sy sulke goed op nie, maar eendag sê sy uit die bloute, Ek het nou al gesien as 'n wyfietjieman maalvleis loop, maar daai Andrétjie swaai sy sitplek soos een wat leer ski, hulle gaan hom nog doodslaan.

Ek was so nege, tien jaar oud, toe tref Jonathan Butler die land, hy was net 'n jaar ouer as ek en word die eerste bruin sanger wie se liedjies op radio gespeel word. Binne maande is hy 'n kinderster en toer die hele Kaapprovinsie vol. Ek onthou nog hoe het hy een Saterdagoggend op 'n verhoog voor Porterville se Pep Stores gesing dat tot die wit kinders gegil het.

Op 'n stadium hoor ons hy gaan sing in die dorpie op die Weskus en die musiekwinkel het vir André gevra om die verhoog te versier. André besluit toe dis sy kans om weg te breek, hy gaan 'n ding doen wat hom sal vat na waar hy hoort. Hy maak Griekse rokke vir 'n paar dorpsmeisies en dan terwyl Jonathan Butler sing, gaan hulle staan op 'n balkon bo die winkel en kassette gooi vir skares. Kassette het net verskyn en die mense sal mal word.

Die Vrydagmiddag voor Jonathan Butler opdaag, slaan hulle die verhoog aanmekaar en André jaag die meisies balkon toe dat hulle kan oefen. Hy staan onder in die straat. Eers moet die voorste meisie 'n kasset gooi, dan die twee agter haar en dan die res. Dan word die mense mal.

Maak 'n boog met jou arm! skree André, Voel die gevoel! En gooi!

Die voorste meisie maak toe 'n boog en gooi die kasset. Die kasset tref André teen die voorkop en sny 'n keep tot in sy gedagtes. André val agteroor, verloor sy bewussyn en bloei homself amper leeg. Niemand weet wat om te doen nie, almal staan net, die balkonmeisies gil 'n bietjie en uiteindelik hardloop die apteekvrou oor die straat en druk 'n babadoek teen sy kop. Die skade is onmiddellik en groot en toe André weer sy oë oopmaak, is hy 'n ander mens. Hy gryp na sy bors.

Waar's my pêrels? sê hy.

Andrétjie, daar's 'n gat in jou kop, sê die apteekvrou.

Daar's 'n gat in jou lewe, sê André, Jy kan ook doen met pêrels, maak vir jou mooi, kry vir jou poeier, hy gaan jou bly verneuk.

Sit 'n wag voor jou mond! sê die apteekvrou.

Sit 'n wag voor jou deur, sê André, Hou hom by die huis. Ek weet waarvan ek praat, hulle soort kom soek plesier by mense soos ek, en as hulle klaar is, word ons eenkant gegooi. Waar's my pêrels?

Andrétjie, jy't baie bloed verloor, sê die apteekvrou, Die ambulans is op pad.

Hy't my gestamp teen die kas, sê André, Toe's hy weg met sy perd. Almal dink hy's hulle redder, maar hy's 'n vullis.

Jy is net raak gegooi! skree die apteekvrou, maar André praat sy stories.

Twee weke later bel my ouma. Sy sê ons moet haar kom oplaai, sy moet Weskus toe, haar niggie is histeries, Andrétjie is getref deur 'n Jonathan Butler-kasset en sê sy naam is Alberta, gewese minnares van generaal Louis Botha, en hy soek sy pêrels, sy moet gaan help, maar sy wil nie dat Oupa haar vat nie, Louis Botha is sy held, hy sal net weer begin drink.

So ry ons Weskus toe, ek is ook saam, my ma sê as ek vir iemand vertel wat aangaan, kry ek vir 'n jaar nie poeding nie. Ons kom op die dorpie aan, Ouma se niggie huil so, sy vra nie eens of ons wil tee hê nie. Sy sê André is die dorp in met 'n hoed en 'n sluier, sy's so skaam, sy kan hom nie gaan soek nie. Ons klim almal in die kar en ry hoofstraat toe. Ons sien hom van ver af, hy het 'n groot sonhoed op en het die hoed en sy hele gesig toegedraai met 'n bol net. By dit dra hy 'n sambreel met valletjies. Hy staan en praat met 'n man met 'n rooi gesig. Oral staan mense in groepies en wys met hulle vingers. Ons hou stil en klim uit.

Jy is deurmekaar, sê André vir die man, Ek is Alberta, ek kom uit Engeland, ek soek my pêrels.

Ek gaan jou neuk, sê die man, Wat is op jou kop?

Ouma stap tot by hulle.

Praat iemand lelik? sê sy.

Wat maak hierdie ding op ons dorp? sê die man, En hoekom draai hy sy kop toe?

Dis vir beskerming, sê Ouma, Hy boer met bye. Dis wat 'n byeboer dra.

Nonsens, sê die man.

Het jy al sy heuning geproe? vra Ouma, Dis ongelooflik, sy ma vat bestellings.

Die man kyk ons ongelowig aan.

Twee potjies, sê hy.

Jy kan dit môre kom haal, sê Ouma, Laaste straat ná die sport-saal, blou huis.

Ons klim in die kar.

Huis toe, sê Ouma, Ek moet bel vir heuning.

Ek weet nie waar sy dit gekry het nie, maar dit was van die beste heuning wat 'n by nog voortgebring het. Die man het dit kom koop, later het ander gekom, en so het hulle potte vol verkoop, op die ou end ook in winkels en by 'n padstal. Mense het bly praat oor André en sy hoed en sy pêrels, maar sy heuning was op almal se brood. Hy't later self 'n paar bye aangeskaf, maar hulle't vir hom dik gesteek, dwarsdeur sy net, hy moes maar aanhou heuning kry op 'n ander plek.

Ek verkoop deesdae self heuning. Dit is nie net heerlik en ge-
sond en maak geld nie, dit red my uit enige moeilikheid. Dit
het ons geleer by Ouma. As jy kom uit 'n familie soos ons s'n,
dan dink jy vinnig.

(uit die *Honeybee*-verhoogproduksie, 2013)

STOORKAMER

Op 'n dag stap ek by my winkel in, ek het kom kyk of die stoorkamer se nuwe kaste reg ingesit is. Voor 'n rak staan 'n paartjie, nie oud nie, nie jonk nie, nie vet nie, nie maer nie, net presies – soos Ant Kit altyd gesê het – in die middel van nêrens.

Die vrou is nie lelik nie, maar jy gaan beslis nie stilhou as sy langs 'n pad staan nie. Jy wil net so half sê, Dame, wat van 'n kam en 'n lipstick? Die man se trui is so doodgewoon dat jy nie die krag het om verder te kyk nie.

Koop net 'n kers of twee, sê hy.

Wie gee vir iemand 'n kers? sê die vrou.

Wat gee hulle vir ons? sê die man, Laas was dit 'n bottel rooiwyn.

Wat jy toe alleen uitsuip, sê die vrou.

Want jy was weer aan die kerm, sê die man.

Ek kerm nie, sê die vrou.

Wat doen jy nou? sê die man.

Ek sê daar is 'n beter geskenk as kerse, sê die vrou.

Ek sê toe, Ons kerse is baie goed, dit word gemaak met papier-
lonte en natuurlike olies.

Jy kan vir haar niks sê nie, sê die man, Sy weet beter.

Ek is doenig agter die toonbank, 'n vrou koop 'n boek en
vra of ek voorin sal skryf vir haar dogter in Dubai, nog een
wil weet of my sussie regtig 'n swart kind het of is dit net
'n grappie. Uiteindelik loop ek stoorkamer toe en skrik my
morsdood. In die hoek staan die man wat nou net met die
vrou baklei het.

Is jy mal? sê ek.

Sjjt! sê die man, Sy moenie hoor ek is hier nie.

Ek sê, Jy kan nie hier inkom nie! Nie met daai trui nie!

Ek is jammer, sê die man, Ek gaan nie hier uit nie.

Ek sê, Wat makeer jou?

Daai ding daar buite is my vrou, sê die man, Hulle sal my wegsit vir moord. As ek haar nog een keer sien, trap ek haar bek plat.

Ek sê, Meneer, niemand weet dit nie, maar dit excite my verskriklik as iemand vuil praat, jy moet onmiddellik ophou.

Ek sal haar verdomp wurg tot haar skoene afskiet, sê die man.

Ek sê, Shut up! Ek gaan jou teen daai kas vasbind en kielie!

Maak wat jy wil, sê die man, Ek loop nie hier uit nie.

Nou staan ons.

Ek sê, Okay, trek net eers uit daai truitjie, my brein kan nie werk naby so 'n ding nie.

Gaan asseblief net uit en sit die karsleutels in haar handsak, sê die man, Dat sy hier kan weg.

Ek vat die sleutels en stap vorentoe. Die vrou staan teen die toonbank, sy koop 'n groot bord en slaailepels. Ek loer oor haar skouer.

Goeie keuse, sê ek en gooi die sleutels in haar handsak.

Waar is daai mislukking nou heen? vra sy.

Ek sê, Hy's nou net hier af met die pad.

Die verkoopsoutjie agter die toonbank maak sy mond oop om iets te sê, maar ek kyk hom stil.

Dan kan hy huis toe stap, sê die vrou, gryp haar pakkie en loop uit by die deur.

Maar die ou is hier in by die stoor, sê die verkoopsoutjie, Moet ek die panic button druk?

Nee, wag eers, sê ek, Hy trek gou sy trui uit.

Ek is terug in die stoorkamer. Die man is nog steeds in die hoek, nou met 'n klein blou hempie en pragtige arms.

Ek sê, Jy het spiere en goed! Speel jy tennis?

Ek het, sê die man, Maar ná 'n paar jaar met daai ding was ek lus vir niks.

Hoekom het jy met haar getrou? sê ek.

Sy was toe anders, sê die man.

Ek sê, Dalk was jy anders.

Seker, sê die man, Kan ek vannag hier bly? Sy mag my nie kry nie.

Ek sê, Hoe weet ek jy steel nie die plek leeg nie!

Hierso, sê die man, Vat my klere, ek kan nie kaal iewers heen gaan nie.

Ek sê, Dis nou nie nodig nie. Maar trek 'n bietjie uit dat ons net seker maak.

Die man trek sy broek uit en gee dit vir my. Ek vat die broek en gaan gee dit vir die verkoopsoutjie. Hy maak sy mond oop om iets te sê, maar ek kyk hom stil.

Bêre dit, sê ek, Ek gaan gou vir hom kos koop.

So gaan koop ek vir hom aandete. Die volgende dag koop ek 'n matras. Die dag daarna koop ek 'n treadmill. Toe gewigte en 'n TV. Ek lieg dat dit bars en kry iemand om sy hare te kom sny en bietjie te kleur. Ek koop vir hom nuwe klere en fantastiese skoene uit Italië. Die koerant wat sê hy is vermis gooi ek by die huis weg, hy sien dit nie. Snags pak hy die winkel reg en skuif produkte rond, ek is verstom oor sy idees en sy oog vir detail. Later begin die weer verander, ek koop vir hom 'n swembroekie en 'n foto van die see. Een aand drink ons soveel wyn in die stoorkamer dat ek moet oorslaap. Die volgende dag praat ons nie daaroor nie, hy sê net hy hou baie van wyn, dalk het hy voorheen te min gedrink.

Op 'n dag – ek het net begin dink hoe kan enige winkel bestaan sonder 'n gas in die stoor – vra hy of ek vir hom 'n mooi baadjie kan koop, hy dink dis tyd dat hy weer die wêreld in die oë kyk.

Ek sê nee, weet hy nie daar dreig 'n oorlog nie?

Hy sê dit was fantasties, hy's 'n nuwe mens, maar hy moet gaan.

Die volgende dag bring ek vir hom 'n pragtige swart baadjie. Hy trek vir hom stylvol aan, jel sy kuif en stap by die stoorkamer uit. Die verkoopsoutjie kan nie glo wat hy sien nie. Die volgende oomblik stap 'n vrou by die winkel in. Ek herken haar glad nie, maar ek sien hoe rek die man se oë. Dis die vrou wat sy lewe verwoes het. Sy lyk ongelooflik. Plankdun, lang blink hare, professionele grimering en 'n foutlose uitrusting. Die verkoopsoutjie maak sy mond oop om iets te sê, maar ek kyk hom stil. Die vrou sien die man en haar oë rek. Hulle kyk mekaar verstom aan.

Stop dit! sê ek.

Gaan uit by daai deur, sê ek vir die vrou, En dan draai jy links.

Gaan uit by daai deur, sê ek vir die man, En dan draai jy regs. Julle kyk nie na mekaar nie. Die liefde of die koors of wat jy dit ook al noem, is 'n verskriklike ding, dit maak jou dood as jy verkeerd kies. Baie mense dink dis normaal om elke dag stukkie vir stukkie te vrek vir die res van hulle lewens. Julle twee weet mos nou van beter.

Die vrou loop uit by die deur. Sy draai links. Die man loop uit by die deur. Hy draai regs. Ek loop ook uit.

Waar gaan jy? vra die verkoopsoutjie.

Ek sê, Ek gaan 'n mat soek. Dis al wat ons nog kort in die stoorkamer.

Ek wil net loop toe sien ek daar staan 'n paartjie by die rak met die kerse. Die man het 'n ongelooflike lelike trui aan. Ek stap nader en sit my hand op sy skouer.

Ek sê, Ek is nóú terug.

(uit die *Honeybee*-verhoogproduksie, 2013)

F. FOX

One thing I do know is that everything in life has a place. If something is ignored or denied, it will not cease to exist. My grandmother taught us that every time you tell a lie, the truth has to go somewhere, and usually it goes to your hips. She said that was why Mrs Fishman looked like a gate that's taking the fence for a walk, she had been lying since she was a girl.

Grandmother said that nothing just disappeared. Everything we say or do will exist forever. Once it went out of your mouth it will be remembered by somebody. If you put it out of your mind it will find another place in your body. And it will make you ill until you take it and deal with it.

Look at Mrs Finn, said Grandmother, Her feet have been pointing inwards since her husband gave Miss Foss a lift. She looks like she has just caught a small ball.

Who is Miss Foss? we asked.

She works at the clinic, said Grandmother, She never got married. Then on the day of the storm Mr Finn took her home in his car but forgot to tell Mrs Finn. So when she found out, she thought they were doing something wrong and then she felt inferior, but never said a word. So it went to her feet and now they're staring at each other.

So we have to talk the whole time? we said.

No, said Grandmother, Some words are better if they're never said. Saying the wrong things can make you just as ill. It's about good judgement.

How will we know? we cried.

You learn as you grow older, said Grandmother, But only if you want to. If you're not sure, just go outside and tell it to a stone, that way you also get it out of your system, but you're not hurting anyone.

We were very worried. We didn't know when to talk or when to be quiet or when to get it out of our systems. I was on my hands and knees, talking to stones right through my childhood.

My grandmother had a heart like a warehouse. As if she did not have enough children of her own, she started looking after a girl. That was long before any of us grandchildren were born. The girl's name was Gelinda. Grandmother took her in because her mother was too drunk or too thin, nobody can remember. Grandmother called her Linda and looked after her as if she was her own daughter.

You can teach somebody manners and show them how to cook, but you cannot change what is in their genes. When Linda was seventeen years old she got what Grandmother called the first tattoo outside of prison, left school and got married to a divorced man. His name was F. Fox. Grandmother cried for days. Then she said it was because the child never had a father, we will not cast her out.

We grandchildren grew up thinking F. Fox was part of our family. We could not understand why he was so different. He never smiled, he never made a joke and he wore a necklace and a bracelet. Nobody told us, but we knew that a man was not supposed to wear jewellery unless he was a pirate or a singer or from a church that baptised grown-ups. Every dinner we sat around the table, Grandmother smiled, Linda said nothing and F. Fox complained.

Would you like a sweet potato, Mr Fox?

I can't swallow it, it just stays in my mouth.

A lamb chop, Mr Fox?

No meat on earth is more fattening.

Some pudding, Mr Fox?

Dessert should be served on a plate!

On and on he went, year in and year out.

One Christmas – we were all around the table – F. Fox was complaining, but we could not hear what he was saying. We all looked and saw that his bottom lip had disappeared under the table.

Then at Easter – we were all around the table – we suddenly realised F. Fox had gone quiet. We all looked and saw that his whole mouth had disappeared under the table.

Mister Fox is getting shorter! we all screamed.

Eat your food, said Grandmother. And then she could not stop smiling.

For a few more years F. Fox complained. Probably about the weather, the government, the church, the radio, the TV, the food, Linda and all of us, but we could not hear him. He was getting shorter.

And then came the dinner that changed all of our lives. I was at university and had just moved into my first flat. It was Christmas Eve and we were all setting the table. Flowers and candles, wooden shepherds, glass angels, a porcelain Joseph, Mary and Child and the giant crown that Grandmother always put on the table. Everybody helped and nothing was perfect, but nobody ever complained. Except F. Fox.

Halfway through the meal Grandmother looked at F. Fox's plate and saw that he had not touched his food.

Not eating, Mr Fox? she said.

We all looked at him. He was not moving. He had become so short, somebody had accidentally placed the crown on his head. Linda touched his arm. Then she looked at us.

He's dead, she said, Who put the crown on him?

I didn't see him there, said Grandfather, Nobody wears glasses at Christmas.

It was too heavy! cried Linda, He couldn't open his mouth!

You don't die from missing one meal, said Grandfather.

From what then? cried Linda.

His body had enough, said Grandmother, If nothing on earth can please you, your body will take you away.

What will we do with him? said Linda.

I will take him, I said.

Why? cried Linda.

So he never forgets, said Grandmother.

I took him home, had him varnished and put him on a tiny table. And he has been with me to this day.

(from the *Glittergun for Ceilings. Comes with Cartridges.* stage production, 2013)

MET MY HANDE

Op 'n stadium het vyf verskillende mense, 'n handskrifontleder, 'n homeopaat, 'n vrou wat praat met engele, 'n sielkundige en 'n palmleser vir my gesê ek moet meer tyd in my tuin spandeer en ek moet 'n stokperdjie kry, ek moet iets maak met my hande.

Ek het gesê ek maak die hele tyd iets met my hande. Hulle het gevra wat. Ek het gesê oproepe en gebare. Hulle het gesê dit moet iets tasbaars wees, iets kreatiefs wat vir altyd kan bestaan. Ek het gesê ek gaan nie skilder of potte bak nie, ek is nie afgetree of op dwelms nie. Hulle het gesê daar is honderde goed wat ek kan probeer.

Vir dae het ek gedink, maar daar was niks. Toe sê iemand vir my daar is 'n handwerkwinkel baie na aan waar ek woon, hulle het alles, ek moet net gaan kyk, die plek se naam is Arts & Crafts.

Dit klink toe vir my verskriklik, in my gedagtes sien ek 'n hele plek vol strikkies, gedroogde blomme, kartonkatjies, kleivissies en drukspykers. Wie doen nog arts en crafts? Scrap-booking is lankal vervang met iPads en Pinterest, kerkbasare verkoop nie meer fudge in toiletrolle en kreukelpapier nie en tuisnywerhede het nou masjiene wat sakkies toesmelt. Al waaraan ek kan dink is skooltake en bruide wat self trou-kaartjies moet maak en ek gaan nie na 'n plek vol kinders en arm bruide nie.

Gaan kyk net! sê my vriende.

Dit vat my dae om gereed te maak. Wat trek 'n mens aan? Net-nou is daar 'n brand of 'n roof, ek gaan nie saam met die res rondstaan in arts en crafts-kleertjies nie. Op die ou end besluit ek op 'n eenvoudige uitrusting, tydlose snit, alles in swart, en 'n groot sonbril.

So daag ek op by Arts & Crafts. Dis so groot soos een van daai sale waar siek vliegtuie gaan. Daar is duisende rakke met mil-joene botteltjies, daar is flesse en dose en blikke en mandjies, potlode, skêre, gom, blinkertjies, plakkertjies, gips, kabouters, dwergies, foamalite-vulkane, ongeverfde posbusse, liniale, die alfabet in hout, plastiek en metaal, poeierverf, waterverf, olieverf, ballonne, maskers en hoedjies. Orals loop vrouens, oud en jonk, met bont truitjies en plat skoene, almal het goud aan, aan hulle arms, aan hulle ore, in hulle tande. Tussenin is winkelmeisies in T-hemde met geel glimlagte op. Ek is pikswart met my sonbril, ek lyk soos 'n spioen in 'n kleuterskool in 'n rolprent in Rusland.

'n Groterige vrou met groterige hare staar na my.

Jy lyk verlore, sê sy.

Ek sê, Was jy al hier?

Elke dag, sê sy, Ek gee klas vir geskeide vrouens. Ek leer hulle plakboeke maak. Ons noem dit Plak Vir Die Toekoms. Jy kry twee soorte boeke. Die een is die natuurboek. Daarin knip jy jou vorige man uit al die foto's en vervang hom met 'n plant. Die ander een is die droomboek, jy kies iemand pragtig van wie daar baie foto's is, soos Tom Cruise, en dan plak jy hom bo-oor jou vorige man.

Ek sê, Ek is vriende met Ryk Neethling. Ek wil hom al vir jare plak.

Die vrou kyk my verdwaas aan.

Ag nee man, sê sy en draai om.

Sy praat met almal, sê 'n stem agter my.

Ek draai om. Voor my staan 'n klein vroutjie met klein vorentoe-tandjies, kort, kort hare en ogies wat wegtrek agtertoe. Sy lyk soos 'n eekhoring in 'n windtonnel. Dis nie haar skuld nie, maar sy is een van daais wat jy net wil klap al is hulle vriendelik.

My naam is Minnie, sê sy, My vriende noem my ook Minnie. Ek is mal oor perde. Is jy mal oor perde?

Nee, sê ek.

Ek maak hulle, sê sy, Uit papier-mâché. En dan plak ek hulle toe met skroewe of kleingeld. My hele garage is al vol. Weet jy waar ek dit kan verkoop?

Ek probeer dink aan 'n dorp waar almal geblinddoek is, maar ek kan nie.

Nee, sê ek.

Minnie kyk na my klere.

Was dit 'n hartseer begrafnis? vra sy.

Net raserig, sê ek.

Raserig? sê Minnie.

Ek sê, Ja, hulle het vreeslik gegil toe ek regop sit in die kis.

Minnie ruk haar hele kop tussen haar skouers in, trek haar rug in 'n boggel, vou toe in 'n bal en rol onder 'n rak in. 'n Winkelmeisie kom om die hoek. Haar borste is te groot vir die T-hemp en die geel glimlag is nou net 'n streep. Sy lyk soos 'n parkeerplek vir aflewerings.

Johnny is voor by die toonbank, sê sy, Hy kan jou help met enigiets.

Ek loop vorentoe. Johnny staan agter die toonbank. Hy lyk glad nie soos arts en crafts nie. Hy is kort, maar vreeslik gespierd met 'n klipharde opstaan-kuifie. Hy het 'n mediese armband aan elke arm en klein, growwe tronkstrafhandjies. Hy het 'n goedkoop maar baie stywe jean aan en is amper aantreklik.

Hoe help ek? vra hy.

Ek weet nie, sê ek, Die mense sê ek moet iets maak, maar ek weet nie wat nie. Ek sien ook niks hier nie.

Johnny glimlag breed en goudgeel soos 'n T-hemp.

Jy moet net reg kyk, sê hy, Niks is wat jy dink dit is nie. 'n Blom is net 'n blom tot jy hom koop, dan word hy 'n vlerk of 'n vlam, 'n vis of 'n vuurpyl.

Ek sê, Ek het nie tyd om soos 'n malle te sit en nonsens gom nie, ek moet iets doen wat 'n doel het en my 'n beter lewe gee!

Johnny kyk links en regs en toe vir my.

Kom gou saam, sê hy.

Dit is my teken om huis toe te gaan, maar ek stap saam want ek is 'n spioen uit Rusland. Ons is deur 'n pakkamer, deur 'n stoor, verby toilette, af in 'n donker gang en staan nou voor 'n staaldeur. Ek weet hier binne slaan hy my dood met 'n ketting, maar ek staan. Johnny kyk links en regs, toe ruk hy aan 'n slot en rol die deur boontoe. Hy trek my in en rol die deur af. Dis pikdonker.

Hierdie het niemand nog gesien nie, sê Johnny.

Toe hoor ek 'n skakelaar en dit word lig. Voor my is 'n stad uit glas. Daar is wolkekrabbers, kerke, winkels, treinspore, paaie en brûe, alles uit glas. Liggies brand en treine beweeg, hysbakke sweef op en af. Voor die stad is 'n oseaan met branders en bootjies uit hout vaar heen en weer.

Twintigduisend bottels en sesduisend flesse, sê Johnny, Vierduisend bulbs en tweeduisend-vyfhonderd plankies, almal self gekerf. Dis hoekom ek hier werk, ek kry afslag. Maar dis nog ver van klaar.

Ek sê, Dis die mooiste ding wat ek nog ooit gesien het. Hoekom maak jy dit?

Presies daarom, sê Johnny, Waar anders gaan ek dit sien? Nie by die werk nie, nie op pad huis toe nie, nie by die huis nie.

Gaan jy dat ander mense dit sien? vra ek.

Nooit nie, sê Johnny, Dis hoe alles lelik raak, mense weet nie hoe om te kyk of te reageer of iets uit te los nie.

Hoekom wys jy dit dan vir my? vra ek.

Ek is nie seker nie, sê Johnny, Ek dink ek laaik jou sonbril.

Jy kan dit kry, sê ek, Maar dan wil ek weer kom kyk as jy klaar is.

Deal, sê Johnny.

So is ek daar weg. Sonder sonbril met 'n kattebak vol bottels. Ek het die boodskap gekry. En ek het die bottels. Maar ek het nog niks gedoen nie. Elke dag wil ek begin, maar dit raak al hoe moeiliker. Dis so met alle skoonheid. Dit slaan jou asem weg, maar elke dag wat jy dit nie sien nie, vergeet jy nog 'n bietjie.

(uit die *Glittergun for Ceilings. Comes with Cartridges.*-verhoogproduksie, 2013)

KELNER

Tydens my studentejare op Stellenbosch was ek bevriend met 'n klein groepie musiek- en dramastudente. Ons het nie net saam ons eie konserte gehou nie, maar gereeld deur die nag gekuier en gesels oor ons drome en drange. Aan die einde van ons derde jaar is ons oorval deur volwassenheid en het ons besluit om nie met vakansie te gaan nie, maar wel op die dorp te bly en te werk vir sakgeld. Een van die dramastudente sê toe sy het alreeds rondgevra en daar is 'n tekort aan kelners by die Spur. Ons kan die Donderdagoggend begin met opleiding.

Dié opleiding bestaan toe uit 'n baie lang man met dooie oë wat vir ons verduidelik ons moet op die kennisgewingbord kyk hoe lank dit vat om 'n gereg voor te berei en ons bestellings só plaas dat almal aan tafel hulle kos gelyk ontvang. Vyf minute later begin ons werk. 'n Uur later word ek na die kantoor geroep. Dooie Oë sê toe vir my ek mag nie van die klante se borde af eet nie. Ek sê toe ek het net 'n paar tjippies afgeëet want die borde het te vol gelyk. Hy sê toe ek moet gaan. My loopbaan as kelner het dus presies 70 minute geduur, opleiding ingesluit.

Ek is moedeloos, ek verdien wel geld as orrelis by Maitland se verassingsplek, maar hulle sit die oond net Dinsdae aan, die res van die week is ek alleen, my vriende is in die Spur.

Toe hoor ek van 'n vrou wat spyseniering doen en dit dan by mense se huise aflaai. Sy verskaf ook kelners vir privaat geleenthede. Ek besluit om haar te gaan sien.

Hier moet ek net noem dat ek in daardie jare baie eksperimenteel was met my kleredrag. Ek was net klaar met 'n fase waartydens ek aangetrek het soos bekende vrouens uit die Bybel. Daarna het ek begin klere dra geïnspireer deur eksotiese plante. So lui ek die vrou se klokkie met 'n baie hoë kraag, spierwit en in verskillende dele. Die vrou maak die deur oop en gee 'n tree agteruit.

Wat is dit? sê sy.

Ek sê, Dis 'n aronskelk.

Jy kan nie so by mense aankom nie, sê sy, Het jy nie 'n broek en 'n baadjie nie? 'n Kelner moet in die agtergrond verdwyn. Maar ek het jou nodig, my regulars is almal met vakansie. Môre vieruur kom laai jy die kos op, dis vir 'n vrou in die Strand, en dan bly jy sommer, sy soek 'n kelner, sy sê dis deftig.

Die volgende middag laai ek die kos op, maar op pad Strand toe hou ek eers by my blyplek stil, ek is nog nie gereed vir 'n broek en 'n baadjie nie. So daag ek in die Strand op met 'n baie hoë kraag, ligpienk en in verskillende dele. Die geleentheid is in 'n hoë woonstelblok, nie die tipe wat in 'n tydskrif sal verskyn nie, maar so elegant soos wat jy daardie dae in die Strand kon kry. Ek lui die klokkie, 'n vrou met 'n sonbril maak die deur oop en gee 'n tree agteruit.

Wat is dit? sê sy.

Dis 'n orgidee, sê ek.

Het jy nie 'n broek en 'n baadjie nie? sê sy.

Ek sê, Ek is in 'n fase.

Dan moet jy net asseblief so min as moontlik beweeg, sê sy, Netnou skrik hy.

Ek sê, Is hier 'n hondjie?

Nee, my gas is op pad, sê sy.

Ek sê, Net een?

Ja, sê die vrou, Dis so half romanties, ons sien mekaar al 'n tydjie, maar hy was nog nooit hier nie. Jy pak die kos uit in die kombuis. As ek die ganglig flits, dan bring jy dit in. En kyk dat hy heeltyd 'n drankie het.

Ek bekyk die plek. 'n Woonstel met 'n voorportaal beteken net een ding: dis die teenoorgestelde van oopplan, dis toeplan. Daar is 'n klein sitkamer met 'n klein eetkamerstel in die hoek. Daar is 'n glasdeur na 'n balkon en daar is 'n uitsig oor die see, maar die middagson skyn direk en op sy wreedste by die woonstel in en sy het geen blindings of gordyne nie. Net die sonbril. Die plek is heeltemal verkeerd versier, nie goedkoop nie, net verkeerd. Ek is heeltemal verkeerd aangetrek vir dié geleentheid. Die vrou ook. Sy is nie baie maer nie en het verskriklike hoë skoene aan wat haar laat vooroor loop. Haar bloes en haar langbroek sit heeltemal te styf. Sy het soveel panties aan dat sy van agter lyk soos een van daai masjientjies waarmee jy 'n hardgekookte eier sny.

Hoe laat kom die gas? vra ek.

Nou, sê sy, Hy moet kom kyk hoe sak die son.

Dis nie al wat gaan sak nie, dink ek by myself en pak die vonkelwyn toe met ys. Die klokkie lui en ek gaan maak die deur oop. Voor die deur staan 'n man met 'n lang geborduurde baadjie en 'n groot strik om sy nek. Hy lyk soos 'n magistraat in 'n rolprent oor die laaste slawe.

Kom binne, sê ek.

Die man stap verby my. Agter my staan die vrou met haar sonbril.

Wat het nou die deur oopgemaak? sê die man.

Dis my kelner, sê die vrou, Hy's in 'n fase. Wat het *jy* aan?

Jy't gesê dis deftig, sê die man, Wat makeer jou oë?

Dis vir die son, sê die vrou.

Toe stap die man die sitkamer binne en steier agteruit.

Hond se afpoot! skree die man, Dis helder!

Die son sak netnou, sê die vrou, Is die uitsig nie ongelooflik nie?

Ek kan niks sien nie, sê die man.

Ek sê, Wil U Edele 'n drankie hê?

Asseblief, sê die man.

Ek stap terug kombuis toe. Ek is nét besig toe staan die vrou agter my.

Kan jy sien ek flits die ganglig? sê sy.

Ek sê, Dis te helder.

Bring die kos! sê sy.

Ek sê, Moet die son nie eers sak nie?

Hy's heel beneuk, sê die vrou, Bring net die kos!

Ek begin uitpak en besef onmiddellik hierdie kos gaan nie help nie. Dis presies soos die vrou en haar woonstel. Goeie poging, maar heeltemal verkeerd. Daar is pruime in ham toegedraai – 'n verversing wat uit die mode gegaan het die dag toe dit die eerste keer gemaak is – en spanspekballetjies in saadjies gerol – nie eens in 'n ouetehuis vir budgies sal dit iemand bly maak nie. Dan is daar bakkies met meer eksotiese geregte soos kerrie-skilpad, seewier-paella en lewersosaties. Ek pak alles op 'n skinkbord en stap sitkamer toe.

Die son is nou parallel met die balkon en brand soos 'n soeklig deur die sitkamer. Die man en vrou staan teen die verste muur waar daar nog 'n druppel skaduwee is. Ek gaan staan langs hulle. Drie vampiere, betrap deur die son, drie gevangenes, wagtend op die einde. Maar die son wou nie sak nie en ons het gestaan. Een vies magistraat, een gasvrou met baie panties en een orgidee.

En ek het geweet dis goed. Ek het onthou hoe ons kunsonder-wyseres, Juffrou Snyman, eendag gesê het, Die wêreld het ons opgefoeter, ons raak te gou kontant met mekaar. Jy moet eers iemand sien in sy plek, sien met sy goed, sien vir wat hy is voor jy hand om die lyf loop staan, daai stukkie lyf is dalk die beste wat hy het.

(uit die *Glittergun for Ceilings. Comes with Cartridges.*-verhoogproduksie, 2013)

'n Kaartjie na Parys

As jy van my huis af ry en jy ry presies soos wat Henry Lotz, die domste kind in ons skool, eendag tydens kadette geskree het, Regs! Links! Regs! Links!, dan beland jy by een van die onaangenaamste winkelsentrumpies in die Derde Wêreld. Hierdie sentrumpie bevat alles wat jy nodig het om jou lewenskwaliteit te verlaag, té nou parkeerplekke, 'n visrestaurant, 'n troeteldierwinkel, 'n tandarts met Venesiese blindings, 'n aaklige poskantoor en 'n drankwinkel waarvan die eienaar my nou al nege jaar aanspreek as Oom.

Sou iemand my ooit vra hoeveel keer ek al daar was, sou ek moes antwoord, Baie!

Sou iemand my dan vra hoekom, sou ek moes antwoord, Ek weet nie!

Maar so is ek weer eendag daar en stap in by die drankwinkel. Agter in die winkel maak hulle biltong met 'n waaier en ek het twee vriendinne wat getroud is met geharde vleisvreters, hulle is op pad vir drankies. Ek koop toe 'n sak biltong en 'n bottel suikervrye koeldrank en wil net uitstap toe die eienaar skree, Totsiens, Oom!

Van skok draai ek in die verkeerde rigting en beland vir die eerste keer voor 'n winkeltjie wat ek nog nooit gesien het nie. Die hele vooraansig skree: Hier is niks vir jou nie!, maar ek stap in. Iemand het al die mure binne met 'n sponstegniek bygekom, dit lyk soos 'n geel senuwee-ineenstorting. Al die rakke, kassies en toonbank is van dennehout. As twee muise eendag 'n kroeg oopmaak binne-in 'n groot kaas, gaan dit so lyk.

Daar is duisende goedjies op die rakke, maar ek kan glad nie uitmaak wat hulle daar soek nie. Daar is linte en Sellotape en deurknoppe en rubberlippe en laprosies en gespes en sterretjies uit foelie. Agter die toonbank staan 'n vrou met 'n sagte gesig wat heeltemal los is van haar skedel. Sy is geklee in 'n romp met 'n rek om die middel en 'n wit bloes. 'n Romp met 'n rek is nie sterk genoeg om 'n bloes te beheer nie en die bloes het begin bol en uithang soos wanneer 'n skoolseun in 'n geveg was.

Ek sê, Wat verkoop julle?

Al hierdie goed, sê sy.

Ek sê, Wat maak jy met die goed?

Jy maak geskenkies op, sê sy, Of jy kan die linte plak op 'n bedlamp.

Ek sê, Ek het nie 'n bedlamp nie, ek gaan nou ry.

Dis net vier dae later toe ek op pad huis toe onthou ek het Sellotape nodig, ek is naby die sentrumpie en die aaklige winkeltjie het Sellotape. Ek hou stil en hardloop in. Die vrou is weer in 'n romp met 'n rek en nog 'n bloes uit 'n ander geveg.

Ek het geweet! sê sy, Ons is onweerstaanbaar.

Ek soek Sellotape, sê ek.

Jy hoef nie te lieg nie, sê sy, As jy wil glitter hê, moet jy dit sê!

Ek sê, Om wat mee te maak?

Jy glitter jou goed! sê sy, Die lewe is te dof so op sy eie. O, as ek eers my geldjies agtermekaar het, dan's ek weg, ek gaan net voor daai blink ding loop staan.

Ek sê, Watse blink ding?

In Frankryk! sê sy, Daar is 'n toring met duisende liggies!

Ek sê, Die Eiffel?

Ek praat nie Frans nie, sê sy, Maar hy was al op TV en in die boeke. En hy het miljoene liggies. Ek wil net daar staan. O, as ek hom sien, voel dit my my voete lig van die grond af.

Ek sê, Dis twintigduisend gloeilampe wat hulle in 1999 opgesit het vir die Millenniumfees.

Sy sê, Was jy al daar?

Ek sê, Ja en dit is baie mooi.

Sy sê, Nes my geldjies reg is, is ek weg. My voete lig net so.

Ek is weg met my Sellotape. Vier dae later maak ek pakkies op vir 'n peetkind en iemand se tweede troue en besef ek het glitter nodig. Ek is terug na die geel hel. Die vrou is agter die toonbank, rekromp, bolbloes.

Ek het geweet! sê sy.

Ek sê, Wat is jou naam?

Anenelda, sê sy.

Ek sê, Is dit nie net Anelda nie?

Nee, sê sy, Anenelda. Sê dit!

Ek hou aan die toonbank vas.

Ek sê, Dit voel of ek val. Anenelda. My ouma het eenkeer gestruikel met 'n bak en toe't sy geskree, Hier's die meleketert!

Anenelda lag.

Het jy kom glitter koop? vra sy.

Hoe weet jy? vra ek.

Mens kan dit sien! sê sy, Dit sit in jou oë! Moenie skaam wees nie, koop dit.

Ek sê, So hoe vorder jou planne? Het jy al 'n kaartjie en 'n paspoort en 'n visum? Ten minste praat die Franse nou Engels, dit help.

Ek praat nie Engels nie, sê Anenelda, Ek is van Worcester. Nou's ek in Centurion. Worcester, Centurion. Waar's die Engels?

Ek sê, Het jy nie Engelse klante nie?

Ja, sê sy, Hulle kom hier, dan praat hulle so ttpp, ttpp, soos een wat 'n haar spoeg, ek kan dit nie vat nie.

Ek sê, Nou hoe gaan jy regkom in Frankryk?

Mense verstaan, sê sy, Jy moet net hard praat.

Ek sê, Maar jou kaartjie en paspoort en visum?

Ek moet net eers my geldjies agtermekaar kry, sê sy.

Nou sit ek en die glitter in die motor voor die winkel. Dit het niks met my te doen nie, maar ek wil die stomme vrou help. Sy gaan nooit die geld bymekaarkry nie. Ek kan sien sy weet glad nie wat 'n visum is nie en sy kan nie Engels praat nie.

Vir 'n maand lank soek ek, uiteindelik loop ek 'n Amerikaanse vervaardiger raak op die internet, hulle maak modelle van beroemde geboue, sit liggies by en verpak dit in 'n glaskas. Daar is ook 'n Eiffel, meer kommin as gestolde slaai, maar mooi en magies. Ek betaal met my kredietkaart, dit kos soveel soos 'n klein strandhuis, maar ek weet dit gaan Anenelda se drome laat waar word, elke aand van haar lewe of solank die batterye hou.

Na ses weke is die Eiffel in Durban se hawe. Die invoerbelasting is soveel soos 'n afdak langs die strandhuis.

Uiteindelik hou ek voor die winkeltjie stil met die verrassing op die agterste sitplek. Ek stap die winkel binne. Agter die toonbank staan 'n vreemde vrou met 'n moulose rok en arms van koekiedeeg.

Ek sê, Waar's Anenelda?

Sy's weg, sê die vrou, Sy't haar liggies gaan kyk.

Ek sê, Maar sy kan nie eens Engels praat nie! Hoe gaan sy reg-kom in Frankryk?

Sy's nie Frankryk toe nie, sê die vrou, Sy kon nie meer wag nie. Sy't net genoeg gehad vir 'n kaartjie tot in Libië. Sy't gesê dalk sien mens iets van daar af. Maar nou's sy vermis, niemand het weer van haar gehoor nie.

Ek is heeltemal verslae. 'n Vrou met 'n los gesig en 'n rekromp in Libië, ons gaan haar nooit weer sien nie. Ek is huis toe, ek het nie geweet wat om te doen nie. Ek het eers my skoene geglitter, toe my mure en toe my plafon. En as ek die aand te moeg is om my gedagtes te beheer, dan lê ek net en kyk na my plafon en dan dink ek aan haar, lewend of dood in 'n land sonder liggies. En dan haal ek die Eiffel uit, kommin maar asemrowend, en ek skakel hom aan. En dan mis ek haar.

(uit die *Glittergun for Ceilings. Comes with Cartridges.*-verhoogproduksie, 2013)

HATS

It is wonderful to be a child. It is just as wonderful to grow up and leave your parents' house to study or work or live on your own. That is the first time you meet other people as an adult and discover there are many other convictions or ideas than just those you know. And when you love or admire someone and their opinions are somewhat controversial or just not right, you do not have to agree, but you can still learn from it.

I met Vonda Brinnik during my last year as a student. She was a legendary social recluse, she never left her house but everybody went to her.

The first time a friend took me to her house, she held my face in her hands and said, Welcome. When somebody comes to a house where there are no biscuits, there must be a reason.

I said, Why are there no biscuits?

It is not something I think about, she said, Unless I'm making tea. And I only make tea when I have guests and then it is too late.

Vonda was not a young woman, but she was forceful and energetic. She had long grey hair that she kept in a plait, tied in a single knot in her neck. She wore lipstick and two thin golden bracelets on her left arm. She was kept upright by corsets and perfectly cut, very plain black dresses.

Because of her motherly presence or because of her age or because she was loved or because of the habits of those days people instinctively wanted to call her Aunt Vonda, something she absolutely detested. So she taught everybody to keep the "Aunt" silent. A person had to say ". . . Vonda". That way everybody got the "Aunt" out of their systems and she never had to hear it.

. . . Vonda lived in a small house with more things than I had ever seen. Everything had a temporary feel about it. It felt as if she was royalty, hiding during a revolution and at any moment she could get her title back and return to the palace.

One of the most fascinating things about her was the fact that she used the word "hat" in most of her sentences.

When somebody spoke about the Kennedys, she said, Nobody wanted to kill *him*, it was that pink hat next to him.

When we found a dead bird on her stoep, she said, At least it's not a hat.

When Nelson Mandela and his wife walked out of prison, she said, Look how beautiful, no hats.

One day I went to her house with a few friends. One of them was a young actress wearing an artistic little velvet hat. . . . Vonda went into the kitchen and did not come back. So I went to find her.

I can't go back in there, she said, What is that thing on her head?

I said, What have you got against hats?

Who wears a hat? she said, Except for Princess Diana in two photographs, nobody on this earth has ever looked good in a hat! Why would you put a lid on something that's not a pot? Is it to get attention? The only thing a human has in common with a pot is that the heat escapes through the top. If you put a hat on it, the heat will stay there and form bacteria and little things will live there and your brain will steam until you are as stupid as you look.

I said, But what if you *have* to cover your head?

Use a cloth, said . . . Vonda, It breathes. A cloth on a head, loose or tied, means you are suppressed or wounded or sick. Then we can see it and be nice to you. Unless it is piled up. When it is piled up there are usually two large earrings hanging from the same person, then it is ceremonial. Or they sing jazz.

I was not sure that I agreed with all of that, but I realised that I have also never really liked hats or the people in them.

We went into the sitting room and sat down.

Then . . . Vonda said, Do you want nuts?

I've never had nuts with tea, I said, I feel like an upper-class parrot.

Then . . . Vonda laughed so much that she slid from her chair, fell on her knees, tilted to the left and hit her face on the edge of a cupboard. She lost her eye and had to wear a patch for the rest of her life. But she didn't mind.

It could have been a hat, she said.

The next year I started singing professionally and was on stage more and more. One night I sang a song at a charity event and after I had finished, a woman walked on stage holding a bunch of the most horrific things. It looked like she had killed a group of aliens and cut out their lungs. Then she thanked me and placed the lungs in my arms. They were pink and hairy and hard. I walked off stage and threw the organs on a table.

What are those? I screamed.

Those are proteas, said the stage manager.

I looked at the proteas and then I remembered my grand-mother's words. She always used to say that every person on earth is allergic to at least one thing. And you had to find out what that thing was before you ate it or got married to it. I knew I had found my thing.

The next morning my pillow was full of hair. And the next morning and the next. Within ten days I was completely bald. I was hysterical. I bought a hat and sunglasses and a scarf and a coat with a high collar. It looked like one of the Blues Brothers had turned into a snowman.

I went to . . . Vonda's house.

When she saw me she screamed, There's a thing on you!

I told her how I had lost my hair and that I did not want to wear a cloth.

You don't need a cloth, she said, You are not suppressed or wounded or sick.

Then she went a little pale and said, Or do you want to sing jazz?

Maybe one day, I said.

Well you don't need a cloth to keep an ugly tune, she said, Your head is part of God's plan, show it to the world.

Then she lifted the hat off my head.

You have a beautiful skull, she said, And perfectly smooth skin.

That day changed my life.

This is what I have learned and this is what lifts me, even on the worst days. Before each show I powder my head. I know many people have hair and many have none. But blessed are the few with beautiful skulls and perfectly smooth skin.

(from *Concert Tour*, 2014)

Es

In ons familie was dit die gebruik dat kinders tydens groot by-eenkomste in die kombuis of op die stoep eet, die lang tafel was vir grootmense en opskep. Ek het altyd met my bord kos bly staan, maar dan het my ma gesê, Gaan sit by jou niggies, wanneer sien jy hulle weer?

Ek het reeds van my vroegste dae af die onbetwisbare talent gehad om drama te voel sluimer of te weet presies wanneer iets onverwags of onvanpas gaan plaasvind en kon altyd 'n rede vind om naby die grootmense te wees op die oomblik wanneer dit wel plaasvind. So is my ma een aand besig om aan my te verduidelik hoekom drie bakkies poeding nie goed is vir 'n groeiende kind nie, toe Ouma 'n stukkie dun kant ophou en sê, Hierdie is 'n beskeidenheidspaneel. Jy werk dit in jou rok vas as jy jou décolletage wil bedek.

Jou wat? sê Oupa.

Dis die deel tussen 'n vrou se nek en haar borsgleuf, sê my tannie.

Dis jou bo-bors, sê Ouma.

Dis die wagvel, sê my oom, Voor die troue kan jy nie wag om daar te in nie, twee jaar later kan jy nie wag om daar te uit nie.

My ma kyk vir my.

Vat nog poeding, sê sy, Gaan eet by die kinders.

Wie's nou beskeie? vra my oom.

Dis vir Es, sê Ouma, Haar nuwe rok is te oop voor.

As dit vir Es is, moet jy asbes kry, sê Oupa, Daai lappie gaan nie hou nie.

Tannie Es was nie bloedfamilie nie, maar sy het saam met my ma-hulle grootgeword. Ouma het haar ouers geken. Haar pa was blykbaar die treurigheid self, sukkelend en sieklik, Ouma sê gekookte pasta het 'n beter postuur gehad. Ouma sê waar hy die energie gekry het om iets te verwek, sal niemand weet nie. Twee dae ná die dogtertjie se aankoms is hy landdros toe om die geboorte op te gee, maar die skok dat hy vermeerder het en die wete dat hy sal moet geld verdien was te veel, hy't net S neergeskryf, toe sak hy morsdood neer. En so is die dogtertjie S genoem, waaroor niemand gekla het nie, daai jare was lees en skryf 'n vermoeienis. Eers toe sy skool toe is, het onderwysers begin vra waar's die res van haar naam. Haar ma het toe 'n E vooraan gesit. En dis die verhaal van Es.

Wel, die begin.

Daar is nie 'n mens op aarde wat nie ly aan een of ander mediese toestand, reaksie, kwaal, allergie of irritasie nie. En deur die jare het medici en navorsers bepaal tydens watter tydperk van 'n mens se lewe hy of sy vatbaar is vir watter tipe ellendes, so het aardbewoners begin om hulle lewens te lei volgens hierdie mensgemaakte roosters en verwagtinge. Maar nie elke mens ontwikkel op dieselfde manier of onder dieselfde omstandighede nie. Daar is ouers wat mal word wanneer hulle kinders nie leer loop of praat of tande ontvang op presies dieselfde ouderdom as ander kinders nie, bog wat dus van die vroegste dae af onnodige druk op ons plaas.

So is daar die algemene aanvaarding dat 'n vrou op 'n sekere stadium 'n hormonale omkeer beleef met sekere drastiese simptome soos onkeerbare gloede en 'n indringende behoefte aan jonger mans. Ek is onlangs op 'n sypaadjie voorgekeer deur 'n vrou wat gehyg het soos 'n draak en só hitte vrygestel het dat ek haar voor 'n kafee se waaier ingestoot en toe vir myself gaan sonbrandolie koop het.

Tannie Es val in 'n kategorie van haar eie. Ouma sê sy was nog 'n klein dogtertjie, toe kry sy 'n gloed dat haar bol speelklei bak soos 'n blou brood. Haar ma het haar dokter toe gevat, in die reën laat sit, haar poppe gevries, maar niks wou help nie, klein Es het 'n warmte in haar gehad wat nooit weer sou weggaan nie. Haar kinderjare was hel, letterlik en figuurlik, sy het gegloei soos 'n patat in 'n kampvuur. Ouma sê in die begin kon hulle haar nog bedek, maar soos sy 'n voorkant begin ontwikkel, so moet hulle vir haar oophou, haar klere smelt vas. Ouma sê daai stomme kind weet tot vandag nie hoe proe 'n koue koeldrank nie, die goed begin kook as sy nog net aankom, haar ma het haar later net 'n bottel water en 'n teesakkie gegee.

Ouma sê om alles erger te maak, ontwikkel Es nie 'n skaam borskas nie, dis die ganse melkweg wat sy voor haar uitstoot. En die hitte loop settle hier in haar krop, die bo-bors gloei soos een van daai hoë oonde in Italië. Ouma sê hulle weet toe nie wat gaan van Es word nie, sy kan nie vir lank uitgaan nie, sy's soos 'n otter kort-kort by die water in, sy het nie vriende nie, mense praat net in die winter met haar, sy was eenkeer by 'n troue, maar die blomme en die bruid het verwelk, jy kan haar nie in die veld injaag nie, die plante vrek 'n bruin streep soos sy loop. Mense het kom vertel van die en daai pil, dis vroeë menopouse, dis skildklier, maar Ouma sê dit was meer soos brandstigting.

En so besef Ouma dís Es se enigste kans op geluk. Daar's 'n brandweerman op die dorp, lank, dom en eensaam, maar hy het 'n pyp vol water en 'n overall wat enige vuur kan weerstaan.

Oupa sê, Is jy mal? Die man se naam is Ed. Ed en Es klink soos mense wat honde afrig.

Ouma hoor niks en gaan sien die man en vertel hom van Es. Sy sê toe hy moet haar uitvra na die volgende brand toe, hy moet nie eens dink aan blommetjies of uiteet nie, vat haar iewers waar sy tuis voel dat hulle mekaar net kan ontdek.

Dis nie ses maande nie, toe trou Ed en Es. My ma sê daar was nie 'n ruiker of 'n kers of kos of drank nie, net ys. My ma sê Tannie Es het in die paadjie afgekom met 'n wit rok en 'n rooi bo-bors, sy't gelyk soos 'n kalkoen met 'n gloeilamp in, maar dit was die gelukkigste troue ooit. Die hartseer het eers later gekom toe hulle besef Tannie Es kan nooit swanger word nie, die babatjie sal gaar uitkom.

En so het ons as kinders vir Tannie Es leer ken as 'n ongelukkige vrou. Warm, bedruk en eenkant. Nooit gekla nie, nooit gelag nie, nat lap onder die ken, iewers voor 'n venster, wagtend op 'n windjie of 'n kindjie.

Ek het al 'n bestuurslisensie, toe ontvang Oom Ed 'n horlosie en 'n koevert geld vir jare se diens. Hy kom sien toe vir Ouma en vra wat hy nou moet maak. Ouma vra toe of hy gaan pensioen kry, of is die koevert die einde? Oom Ed sê nee, hy kry nog pensioen ook. Ouma sê toe vir hom dan moet hy daai koevert gebruik en vir Tannie Es iewers vat waar sy 'n tydjie bietjie gelukkig kan wees, enige plek met sneeu sal doen.

Oom Ed kry 'n pakket met 'n boot, 'n vliegtuig, twee treine en tien dae verblyf in die Alpe.

Dit was 'n tyd daarna dat ek by vriende in Kaapstad gaan kuier het. In 'n kafee het ek die koerante sien lê, daar was groot foto's van 'n sneeustorting in Europa, veertig mense is vermis. Ek het sigarette en wine gums gekoop en daarvan vergeet. Tot my ma my dae later bel om te sê Oom Ed en Tannie Es was in 'n sneeustorting. Hulle was met een of ander groep in een of ander voertuig toe die klomp sneeu teen 'n berg afkom en hulle heeltemal oorval. Niemand het gedink hulle sou dit oorleef nie, maar drie dae later het reddingsmense hulle gekry, almal was lewend, Tannie Es het 'n hele grot onder die sneeu oopgesmelt en die mense is een-een uitgelig. Net Tannie Es wou nie uitkom nie, sy't gesê dis lekker koel en ten minste het haar lewe 'n doel gehad. Oom Ed het gesmeek, maar sy wou nie hoor nie en hy het in 'n gastehuis gaan wag op die einde.

Daar was nooit 'n begrafnis nie, die familie het besluit ons sal wel almal eendag soontoe gaan. Maar dit gaan soos dit gaan en tot vandag toe was niemand nog daar nie. Maar net voor haar dood het Ouma gesê ons moet ons nie bekommer oor 'n storie met 'n gelukkige einde nie. En dis presies wat dit was.

(uit die *Menopouse en ander gloede*-verhoogproduksie, 2014)

RAINBOW AT MIDNIGHT

It has not been easy for me or anybody else in my family. Something is wrong with our hips. Not so much that you can see it, but enough to prevent us from walking straight forward. When we try to walk, one leg crosses in front of the other and then the hip locks. And we stop. Step, cross, lock, stop. It's not the legs, it's the hip, each person has one loose hip, something inside the socket makes the leg swing across, it's like the blades of a very cheap cake mixer. My cousin who finished school always laughs and says, Pardon me for being late, I bumped into myself.

We lost out on many things. None of us have ever been in the sea. We have been to the beach many times, we walk, we lock, we stop. By the time we reach the water, it is dark. The next day people find our tracks and scream, The turtles are back!

Only in emergencies some of us have moved really fast. Once my aunt tied a string of wool around my uncle's knees and then told him the whorehouse was on fire. He moved so fast, by the time he got there, he had knitted a blanket.

I have always wanted to be a singer, but it was very hard to find a job. No matter from where I entered the stage, I could never reach the centre while the audience was still there. But then I heard about The Circle, it was a nightclub and theatre in one. The stage was in the middle of the room with people all around it. And everything happened in a circle. The singers and dancers were on pedestals or tables or chairs. And they would simply move to the right. I thought they would never give me a job, but they made me sing and then they hired me and then they made me stand on the round stage and showed me how to move. You simply had to step to the side on one leg and then drag the other one behind you. It was called The Shuffle.

For years I performed at The Circle, shuffling round and round. I also started shuffling on the street, I would simply walk sideways. In a straight line. It looked a bit like somebody trying to go to the bathroom in a very full church. People would stare and say things like, It's unnatural! A man should not move sideways! Others would say, He loves his music, look how he dances! And then they would shuffle too. Many times I have entered a shop with six or seven people shuffling behind me.

But I was never happy. I knew I could not spend my life performing in one venue, I did not know what to do next. I knew there had to be a reason for all of this, the rest of the family did not care, they just stepped and locked and never got anywhere. I wanted more.

One day – when I knew she would be on her own – I went to visit my grandmother. I knew that when she got tired she always spoke the truth. When I got there she was outside and already tired. She was trying to get to the door. I taught her The Shuffle and we went inside and sat at the table. I tried to look as sad as possible and asked many questions.

Finally she said, A thing like this takes many, many years. We should be grateful, our predecessors had it much worse.

What happened? I said.

A defect stays in the genes for many generations, you have to marry really well and breed with purpose, said Grandmother, We tried to make the best of it, many of your forefathers had to be entertainers, turn their faults into features, let people pay to see it. My great-grandmother was one of the first victims.

Tell me what happened, I said.

I don't like talking about this, said Grandmother, Finding out that you're a victim gives you excuses, it turns people into lazy creatures. But I will tell you, you are proud, you remember what we taught you.

Grandmother got up, turned to her bedroom, gave one step and locked.

Shuffle, Grandmother, I said.

She turned to the side and started shuffling. Five minutes later she was back, holding a black and brown box, tied with ribbons. She was dizzy with the excitement of moving so fast. She put the box on the table.

It's all in there, she said, Letters, photographs and diaries. You can read it when you want to. What I will tell you now is the history of our family.

Then Grandmother told me that her great-great-grand-mother, like every other woman in our family, was called Maria. When she was nineteen she got married to a medical doctor called Herman Doon. Soon after the wedding he started a relationship with an office girl called Venice Bumple. Maria was devastated, but after crying for forty days, she decided to win him back. Until the beginning of the nineteenth century the very rich would have portraits painted of themselves and then have it delivered to lovers and conquests, but when photography became available, anybody could own a picture of themselves. Maria decided to make herself a beautiful dress and then have her picture taken as a gift for her straying husband. Then she saw an advertisement for a studio where you could be photo-graphed with a live koala, brought from Australia. So she made an appointment, arrived in her new dress and sat on a chaise, waiting for the koala to be put in her arms. But she was the very first customer and the koala was hysterical and when they opened the cage, the koala ran and bit Maria in her face. She was scarred for life and her husband never took her out in public and continued to make aggressive love to Venice Bumple.

Grandmother said her great-great-grandmother was heartbroken. She had no life, no love and no face. Her only friend was her chambermaid, Entrance Truter.

Then the carnival came to town. It was a smallish affair with a few caravans, a few lights, a few games and a lot of deformed people. It was called The Rainbow Fair. The public went in their hundreds because they adored anything abnormal. There was also a carousel which had just been invented. And in a tent they sold potato chips, marshmallows and toffees, all recent inventions.

Maria asked her husband if she could go and he said yes, with a face like that people would think she worked there and he would not be embarrassed. Maria asked Entrance Truter to go with her. So, on a dark night in 1880, Maria Doon left her house for the first time in many years. She walked with Entrance and was amazed at all the lights and the music and the people parading around. There was a bearded woman and a boy that could lift a carriage and two sisters with one body and a man who swallowed garden tools. Performers were dressed in bright colours like red and orange and purple.

Grandmother said it was in that box, the diary in which Maria wrote how she loved those people and how brave they were. Grandmother said it was late at night, just before midnight, when Entrance saw Maria's husband, Herman, and Venice Bumple enter a small tent with a sign that said DISTORTING MIRRORS. Entrance immediately told Maria that they should leave, but Maria had also seen the sign, she had not seen her husband. She got very excited and insisted they go inside.

There were four tall mirrors in a row. Herman Doon was standing in front of one, looking at his distorted reflection, his one arm was very short and the other was very long. Next to him was Venice, in the reflection her behind was so big, it looked like she was turning into a bridge. They were laughing. Maria did not look at them. She went to stand in front of the third mirror. The mirror took away most of her bottom half, gave her an enormous bosom and made her scar disappear. Entrance stepped in front of the last mirror and developed a hump the size of a small church. They could not recognise each other and they could not stop laughing.

And then it was midnight at The Rainbow Fair. Everybody froze, Herman Doon, Venice Bumple, Maria Doon and Entrance Truter, each one in front of a mirror. They all had the same unconsciousness, the same sudden seizures, a few seconds without any thoughts, feelings or sight. And then it was over. In silence they turned around and went outside.

The Rainbow Fair was dark. There was no more music. There were no more lights. A few people stood motionless and the rest headed for the gates, slowly, like they had been hypno-tised.

The next morning people woke up later than usual, some were ill, others were exhausted, others could not stop crying. Maria woke up when she heard her husband scream. He was standing next to the bed with a very long arm, his hand was dragging on the floor. Maria looked down and saw that one side of her body was gone. She lifted her nightdress and saw that she had only one hip and one leg. At that very moment The Rainbow Fair was leaving town. On one of the wagons Entrance Truter was standing, her hump barely covered by a shawl.

Grandmother said everything changed that day. Herman could not leave the house again and finally had to start making love to Maria, who gave birth to three daughters with six legs in different lengths.

Venice Bumple wrote letters and had messages delivered, but Herman would not see her again. Her behind was as big as it was in the carnival mirror. One day she fell backwards and could not get up again, she died alone and upside down, arms and legs in the air like a giant beetle.

I looked at my grandmother.

I don't understand, I said, What kind of seizures did they have? It sounds like witchcraft.

When many people want the same thing, or fear the same thing, it can happen, said Grandmother, It's called Collective Wishing or Collective Insanity or Collective Hysteria. All of them, standing in front of those mirrors, and those outside, were dreaming of being somebody else, of having different lives. And they got it.

But why doesn't stuff like that happen today? I said.

Oh it does, said Grandmother, Millions of people live like ghosts, being ruled by dictators and idiots, but then come the elections and they vote for them again. Millions of people worship their idols, they go to movies and sports events and concerts and jump up and down and scream and don't hear a word and know nothing about those they idolise. Millions of people go to war to defend their religions and their beliefs, but not once in their lives do they really think about it. Millions of people, one madness. Do you want cake? I made one with lots of brandy.

Grandmother got up, turned sideways and moved to the kitchen. She lifted a cloth from a huge cake and cut two slices. Then she turned around, gave a step and locked.

Shuffle, Grandmother, I said.

She moved her leg sideways and shuffled straight to the table.

This is a miracle, she said, But that my great-great-grandmother got those three girls, that was what saved us. The Victorians loved strange people and strange bodies, but they never said so and they would hide everything with those enormous dresses. They were the people who used floor-length tablecloths so that the men would not get sexually aroused by the legs of the table, but they went to every circus and séance and bought pictures of naked nuns and naughty dwarfs. Those three girls got very nice husbands and every generation the legs got better. Not the hips. And they got rid of that name, Doon. Can you imagine if we were called Doon? Every time somebody said, What are you doing?, I would have said, Yes I am. Take that box and read it and be grateful. And now I have to show you something.

And right there, before I could say anything, my Grandmother pulled up her dress.

Look! she said.

I looked. She had two large blue knees and out of the right one
grew a tiny foot, a young foot that looked like a small person
was hiding in her leg.

I'm the last one to have one of these, she said, But I had fun.
Every time a man would slide his hand under my dress I would
sit quietly until he reached the little foot. Then I would say,
Don't wake the baby. Oh, how they ran. Yes, we have hopeless
hips, but now that we know The Shuffle, I can find my bedroom
and you can find your way. Life is good.

Then she took my hands and sang this song, a song the old
people used to sing when they were not sure if they were really
happy:

I'm sitting in my house with my piano
Playing my favourite broken tune
I only have four fingers and some keys have also gone
But I keep playing, I am over the moon

I'm standing in my house with spicy wine
Toasting to all that's good and well
And I am hoping all my guests will come and celebrate with me
I'm drunk but I am sure no-one can tell

Inside my house no-one knows I'm wearing
The same old suit I've worn for all these years
I know I have some defects but their words can be like spears
The things they say, they're driving me to tears

Inside my house just nothing can go wrong, no
It's heaven and it's earth wrapped in one
I don't have much but what I have is perfect
Why do people always think I'd come undone

Inside my house nothing can go wrong, no
Inside my house nothing can go wrong . . .

(from the *Rainbow at Midnight* stage production, 2014)

KOORTJIE

Al werk jy hoe hard om jou plek op aarde te vind, sal daar
dinge gebeur waaroor jy geen beheer het nie. Op so 'n dag sal
elke son, maan en ster hang waar hy nog selde was en jy sal op
'n plek wees waar jy nie gewoonlik is nie, soos in 'n kantoor
wat altyd beman word deur 'n sekretaresse of 'n assistent, beide
afwesig op daardie spesifieke oomblik. Die foon wat jy nóóit
antwoord nie, sal dan begin lui en vir die eerste keer ooit sal
die antwoordmasjien nie reageer nie en ná die twintigste lui,
sal jy – wat weet dat 'n mal mens aan die ander kant wag, wie
anders lui so lank – die gehoorstuk optel en sê, Hello?

'n Vrouestem sal dan sê, Horiesô, ek neem aan dis rêrig jy,
my naam is Heinde, kan jy asseblief vir my ietsie kom opvoer,
maar dit moet spesiaal wees, ek soek nie jou gewone goed nie.

Jy haal dan die gehoorstuk weg van jou oor en kyk daarna, jy
weet jy kan dit neersit of net hardloop na waar jy gewoonlik
sou wees, maar die planete is op 'n ry en jy is magteloos.

Jy bring die gehoorstuk terug na waar hy was en sê, Dame, ek het geen idee waarvan jy praat nie.

Die stem sê dan, Dis baie simpel om op 'n dorp te trou as jy 'n plaas het, hier's mos genoeg spasie, maar dis 'n groot storie, my kind gaan die wêreld in, sy was nog net hier. Haar naam is Nivea, sy het baie beskermd grootgeword, ek weet dis nie reg nie, maar daar was omstandighede. So jy moet nou iets doen wat niemand nog ooit gedoen het nie.

Jy sê dan, Dame, ek doen nie troues nie.

Ek ook nie, sê die stem dan, Maar hierdie gaan mos nou spesiaal wees. Ek was al by jou vertonings, moet asseblief nie van daai goed sing nie, dink ietsie moois uit. Van die vrouens wil hê jy moet kook soos op die TV, maar ek dink nie so nie, hier staan die tweetjies, nou net getroud, nou sê jy, Gooi die eiers by, dis nie vir my reg nie. En noem my Heinde, jy kan nie die hele tyd sê Dame nie, 'n mens sê nie vir 'n hond, Kom hier, Hond, nie of vir 'n kat, Sit, Kat, nie, jy weet mos wat jy is. So hoe weet ek nou jy gaan opdaag, moet ek iets faks?

Uiteindelik sit jy die foon neer. En jy weet jy is net 'n spikkel in die heelal. Hierdie is 'n geveg wat jy nie kan wen nie.

En dít is hoekom ek en drie ander sangers een Saterdagoggend ná 'n rit van twee ure in 'n kleinerige kombi regs draai by 'n bordjie wat sê SANDPUT. BLIK EN HEINDE OELOF. (Ek het besluit ek alleen is te breekbaar vir so 'n geleentheid, ek maak 'n koortjie.) Vir twintig minute skud ons soos sakgeld in 'n skoolbroek en toe hou ons stil op 'n plaaswerf.

Ek het net uitgeklim, toe staan 'n vrou voor my. Sy is kort en oorgewig, een van daardie kompakte dikketjies wat 'n perfekte ronding het van die nek tot net bokant die knieë. Dit lyk of sy 'n Volkswagen borsvoed. Sy is bedek met ligblou satyn. Baie styf en met baie blinkertjies. Oor haar een skouer is 'n ligblou mantel, soos dié van 'n kleurblind Spanjaard.

Ek is Heinde, sê sy, As julle wil oefen, moet julle vinnig maak, die gaste is op pad. Hierdie is my suster, Verre.

Langs haar staan 'n ongelooflike maer vrou. Sy het diep ingesonke oë soos iemand wat lank sendingwerk gedoen het. Sy is geklee in liggroen satyn met 'n liggroen mantel oor haar een skouer. Die hele onderste helfte van haar uitrusting is sopnat en orals sit klein stukkies perske.

Dit was die punch, sê Heinde, Dis maar hoe dit gaan hier.

Ek kyk na die plaaswerf. Orals is mense aan die werk. Een laat val 'n emmer, een tip 'n hele tafel, een stamp 'n ruiker om, hier skiet 'n tentpen los, daar gly 'n pastei uit 'n bak.

Ek sê, Is hier dwelms? Wat makeer almal?

Dis maar hoe dit g–, sê Verre.

Sy wou nog sê, gaan, maar ek dink sy was net te moeg en te nat.

Ek weet glad nie wat om volgende te doen nie. Ek sê toe, Ons is 'n koortjie.

Heinde lyk of sy haar Volksie gaan verloor.

Dis seker fine, sê sy, Maak dit net spesiaal. En hou die armpies toe.

Ek sê, Die wat?

Ons gebruik net een arm, sê Heinde, Dis 'n lang storie. Nivea dink nét sy het twee arms. Dit was my fout. Sy was nog klein en ons het bietjie swaargekry en sy het gehuil oor ons nie 'n klavier het nie en ek het gesê sy moet dankbaar wees. En sy het geskree, Vir wat? Ek was aan die koek bak vir die padstal en kon aan niks dink nie, toe sê ek sy moet dankbaar wees dat sy twee arms het, niemand anders het dit nie, sy is spesiaal, sy kan ten minste perdry. Toe't sy ophou huil, ek was so moeg, ek het net my een arm in die deeg gehou tot sy weg was. Van toe af moes almal wat hier kom een arm wegsit, ek kan nie haar lewe verwoes nie, wie lieg vir 'n kind? Ons moes haar skoolgee by die huis dat sy nie uitvind nie. Blik was so goed, hy boer nou al twintig jaar met een arm. En Saadjie is net so goed.

Ek sê, Wie is Saadjie?

Haar verloofde, sê Heinde, Hy't eendag hier gekom om voer af te laai, toe't hy haar gesien, ek moes hom platduik dat hy op sy arm lê, maar hy was so verlief, ek moes hom op die ou end vertel. Hy het haar twee jaar die hof gemaak met een arm. Maar hy vat haar nou oorsee vir die wittebrood, sy weet die mense oorsee het twee arms. Dan kan sy dit gewoond raak op die wittebrood, dan haal hy sy arm uit.

Onder andere, wil ek sê, maar ek vra toe net, Wanneer sing ons?

As die perd uitkom, sê Heinde, Net ná die ringe kom die wit perd uit, dis haar geskenk van Saadjie.

Ek het nog net een keer iemand met een arm ontmoet, dit was jare gelede, toe ek sirkusmense gesoek het vir 'n televisie-program. Net twee mense het opgedaag vir die oudisie, dit was 'n getroude paartjie. Die vrou het 'n Russiese naam gehad en was nie meer baie jonk nie, sy was geklee in 'n G-string met fraiings. Sy het twee plat boude gehad en elke boud drie diep voue, dit het gelyk soos iets wat afgeblaas het na 'n lang nag in Brasilië. Daar het 'n tou uit die dak gehang. Sy het 'n luislang uit 'n sak gehaal en toe het sy en die slang hulleself om die tou geknoop. Ek het gedog sy gaan teen die tou uitklim vir 'n toertjie, maar sy het net daar gehang soos iets waarmee jy 'n huis gaan sloop.

Haar man het net een arm gehad, die ander een het hy verloor in 'n Oosblokoorlog. Hy het 'n tiervel aangehad en was 'n mesgooier, maar dit was duidelik sy goeie arm wat hy verloor het, want hy het 'n kreet gegee en toe homself met 'n mes in die voet gegooi. Dit was 'n houtvloer en ons moes hom laat uitsaag voor hulle hospitaal toe is.

Dit was dus met dankbaarheid dat ek my arm by my jas indruk en langs die res van die koortjie gaan staan. Nivea lyk soos 'n riviervis in 'n skepping van ligpienk en silwer satyn, Saadjie se baadjie staan bol soos al die ander mans s'n. Alles gaan goed totdat hy die ring laat val en ek uit die hoek van my oog sien hoe 'n groot wit perd agter die poedingtent 'n plaaswerker tussen die bene skop en toe losruk. Die perd spring weg en hardloop reg op ons koortjie af. Ek weet hy gaan ook die platform, die predikant, die luidsprekers en die koepel met die blomme tref. Ek was nog nooit naby 'n perd nie en ek weet 'n mens haal jou arm eers oorsee uit, maar ek moes iets doen. Toe die perd 'n paar tree van ons af is, ruk ek my jas oop, duik vorentoe en gryp die leisels. Daai perd sleep my na al vier hoeke van die plaas. Toe draai hy om, sleep my terug na die troue en gaan staan doodstil langs Nivea. Ek laat los die leisels. Nivea kyk na my arms en draai toe om na Heinde.

Dis orraait, Ma, sê sy, Ek weet al lankal.

Toe trek Saadjie sy baadjie uit en die res van die koortjie haal hulle arms uit. En toe sing ons.

(uit die *Rainbow at Midnight*-verhoogproduksie, 2014)

THE PLAY

This is a fable about not having control, having one eye and walking on glass.

One day there was an actor who got the leading role in a new play. The play was about a very rich man who had a huge chair and a butler. The man who played the butler was very jealous of the actor, so he decided to put nails and broken glass inside the actor's shoes. The actor did not know about this because he wore his own shoes during rehearsals.

In the play the rich man was supposed to have a horse, but the management said the stage was too small and the theatre would smell awful because they did not have a horse toilet. So they gave the actor a tiny horse made out of wood.

Then the director decided that no audience would like to come and sit through a play about a rich, successful man with a chair and a butler and a horse, it would be much more interesting if he had only one eye. So they took the actor's glasses, broke off one lens and painted the other one black.

The play was actually about the fact that the rich man had invented the world's first flying machine, but because he did not need the money, he told nobody about it. He kept the machine a secret and only flew around when nobody was looking. But the management said it was too expensive to build a flying machine and they had no space to keep it and nobody to make it fly. So they just tied the actor to a rope and hoisted him up into the air.

When the curtain opened on the first night, the audience was stunned. There, in the middle of the stage, an actor was hanging from a rope, wearing broken glasses and clutching a small wooden horse. They were furious, they got up and left the theatre. They did not see how the rope was cut and how the actor fell to the ground or how he got up and stumbled around with glass in his shoes.

Nobody thought, What a ridiculous play! or What was wrong with the director? They just spoke about the actor and said, What a bad actor! What was he thinking?

(from the *Rainbow at Midnight* stage production, 2014)

VONNIS

Een van my ma se vriendinne het tot op die ouderdom van 84 self haar motor bestuur. Totdat sy een lenteoggend elke blom in die ouetehuis se voortuin platry en toe by die hek uit is. Sonder om dit oop te maak. Later die dag het sy teruggekeer met 'n fietswiel teen haar modderskerm en daarna het hulle haar sleutels weggevat.

So kuier ek eendag by my ma toe sy vra of ek gou haar vriendin kan gaan oplaai, hulle het mekaar so lanklaas gesien. Ek raak dadelik benoud want 'n ouetehuis het my nog altyd bang gemaak, dis soos 'n vreeslike griep, jy sê vir jouself dit sal nooit met jou gebeur nie, maar jy weet dit kom al nader.

Ek sluk toe 'n handvol Rescue Remedy en ry ouetehuis toe. By ontvangs sit 'n vrou met 'n gesig wat enige inwoner 'n hele dag in sy kamer sal laat bly. Sy sê my ma se vriendin is in die derde kamer ná die eetkamer. Ek stap deur 'n sitkamer vol droë ruikers en toe deur 'n groot eetsaal met dowwe geel tafeldoeke en stapels plastiekborde. By een tafel sit 'n baie ou man met droë pap op sy ken. Die Rescue Remedy werk glad nie. Ek stap verby die eerste kamer. Die tweede kamer se deur is oop. Die kamer is dolleeg behalwe vir 'n leer voor die venster. Op die leer staan 'n maer vroutjie. Sy't 'n dun gleufiemond en op haar kop is hare wat lyk of hulle hulleself geknip het. In haar hand is een punt van 'n ry Kersfeesliggies. Die ander punt is by 'n muurprop ingedruk. Haar vingers is pikswart.

Ek sê, Acacia, is dit jy?

Sy kyk na my.

Dzzz, maak die liggies. Acacia kry 'n rukking en haar hare lyk nog meer geknip.

Ek sê, Wat maak jy?

Ek sit vas, sê sy, Ek wil die liggies afhaal, die oom is oorlede, maar dit bly my brand, kyk my vingers.

Jy moet dit eers afsit! sê ek.

Maar dis so mooi, sê sy.

Dzzz, maak die liggies. Acacia kry nog 'n rukking.

Ek buk en skakel die liggies af. Ek loop af met die gang en klop aan die volgende deur. Twee minute later stap ek en my ma se vriendin verby die oop deur. Die liggies is af en Acacia is besig om die leer toe te vou.

Acacia Swarthout was die jongste dogter van Montana en Dougie Swarthout. Sy was 'n paar jaar voor my op skool, maar almal het van haar geweet. Sy het al haar tyd in die ouetehuis deurgebring. Sy't gesê die ander mense kan dit nie sien nie, maar die ouetehuis het 'n baie groot mond en elke dag sluk dit nog een of twee oumense in. Sy't gesê mense dink daar is 'n sitkamer, maar dis die nek van die ouetehuis, dis waarmee hy sluk. Sy't gesê dis nie lekker om in die ingewande van enigiets te woon nie, sy wil dit net mooi maak vir die oumense, hulle word hartseer, so lelik is dit daar binne. Almal wat haar hoor praat het, het in hulle harte saamgestem, maar niemand wou iets sê of doen nie.

Vir jare is Acacia ouetehuis toe, elke dag, genooid en ongenooid, met plantjies en prentjies en lappies en liggies het sy die plek versier. Nadat Mevrou Gerber van die trap afgeval het, het Acacia ogies op haar gips geverf. Drie bejaardes het flou geval want dit het gelyk of sy in iemand se kop getrap het. Toe Ou Meneer Stander vra vir 'n naglig, het sy 'n gloeilamp in 'n winkelpop gedruk en dit in sy kamer staangemaak. Die matrone sê dit het gelyk soos 'n Marsman met koors, Ou Meneer Stander het binne drie weke beswyk.

In my matriekjaar het Acacia 'n Kerskonsert gereël en almal genooi. My ma sê hulle het nog nooit so iets gesien nie. Die oumense was almal in pajamas dat hulle kan lyk soos herders. Hulle het GESEËNDE KERSFEES op die grasperk uitgepak. Met hulle tande. En toe het hulle gesing. My ma sê geen mens moet "Stille nag" sing sonder tande nie, die gehoor was sopnat gespoeg. Sy sê tot Tannie Lynn – wat 'n verpleegster was – het opgegooi.

Ná skool het Acacia nie gaan werk of studeer nie, sy was net by die ouetehuis, dag ná dag, genooid en ongenooid.

Omtrent 'n jaar nadat ek haar vriendin gaan oplaai het, is ek weer eendag by my ma, toe sy sê, Onthou jy vir Acacia Swarthout?

Ja, sê ek, Sy was laas op die leer.

Sy's in die tronk, sê my ma, Aangekla van moord.

Ek is heeltemal stil. Niemand wat ek ken, ken persoonlik iemand wat aangekla is van moord nie. Dis ontsettend opwindend.

Ek sê, Dis onmoontlik. Wie sal sy nou vermoor?

Sy't niemand vermóór vermoor nie, sê my ma, Die ouetehuis het laat hekke aansit by die siekeboeg, hulle sê dis veiliger, 'n paar van die inwoners is baie deurmekaar, hulle vat sommer die pad as hulle 'n oop deur sien. Toe besluit Acacia dit lyk te veel soos 'n tronk en vleg dit heeltemal toe met plastic ivy. Toe kom 'n mal oom en gee dit water, toe is die hele gang nat. Toe gly Mevrou Kuipers en val haarself morsdood en toe maak haar familie 'n saak. Hulle sê Acacia het in die eerste plek niks daar verloor nie, sy het geen opleiding nie, sy maak moeilikheid, al vir jare. Toe sluit hulle haar toe, die saak kom oor 'n maand voor.

Ek sê, Sy sal doodgaan daar, almal weet sy bedoel net goed!

Goed bedoel en welgedaan is twee heeltemal verskillende

goed, sê my ma, Jy kan nie net soos 'n mal feetjie rondloop met sneeu en sterretjies nie, jy moet jou kop gebruik.

Ek was ontsteld vir 'n maand. Ek kon nie glo wat gebeur nie. Die wêreld is so lelik dat 'n mens wil sement snuif en dan kom een dapper siel en probeer dit mooimaak en hulle vat haar tronk toe.

Die dag toe die hofsaak begin, sit ek heel voor. Arme Acacia is bleek en gehawend. Sy lyk soos 'n klein mielietjie wat klaar geëet is.

Ek het eenkeer 'n rolprent gesien waarin 'n gebou afgebrand het. In die gebou, teen 'n muur, was 'n horlosie wat begin smelt het in die hitte. 'n Landdros met 'n gesig wat presies lyk soos die horlosie verskyn op die preekstoel. Hy sê dis duidelik dat Acacia onskuldig is, ook dat Mevrou Kuipers 'n lang en vol lewe gehad het en dat haar heengaan 'n ongeluk was. Hy sê verder dat hy nie vir Acacia gaan vonnis nie, hulle gaan haar net vir 'n tydjie aanhou, sommer in 'n sel agter die hof, totdat sy besef alle dade het gevolge en dat sy haar kop moet gebruik.

Almal het gesug van verligting, maar ek het geweet dat dit net so 'n erge vonnis soos enige ander was, Acacia in 'n lelike sel, sonder enigiets om te doen, sonder enigiemand om na om te sien. Ek het almal wat iets kon doen gebel, sangers, musikante en dansers, en vertel van my plan. 'n Paar het ingestem en my een nag agter die dorp se hof ontmoet. Reg onder Acacia se venster het ons die dekor staangemaak en ons kostuums aangetrek, so mooi soos ons kon.

Toe het ek haar naam geroep. 'n Klein mielietjie het tussen die tralies verskyn. En toe het die musiek begin en ons het gedans en gesing, so mooi soos ons kon.

(uit die *Rainbow at Midnight*-verhoogproduksie, 2014)

P & P

Ek het 'n tannie gehad wat enige ding wat sy in die hande kon kry teen 'n muur wou ophang. Lappe en doeke, poncho's en tjalies, rokke en jasse, dekens en doilies, pelse en portrette, matte en borduursels, alles moes teen die muur.

My oom het gesê dis soos 'n roofvoël wat nie weet hoe bou jy nes nie. My tannie het gesê dis haar Sultaanse bloed. My oupa het gevra wat is 'n Sultaan? My ouma het gesê dis 'n baie groot rosyntjie. My ma het gesê dis mense wat woon in tente.

Ek het gevra, Hoekom in tente?

My pa het gesê, Want hulle is onrustig.

My oupa het gesê, As sy net die regte goed wil ophang.

Ek het gesê, Soos wat?

My oupa het gesê, Soos wasgoed en biltong.

My ouma het gesê, Sy kan nie help nie. Dis in ons gene. Ons ken nie ons perke nie.

En dit was die reine waarheid. Toe my tannie se mure vol is, toe is sy plafon toe. Die eerste ding was 'n Persiese tapyt. Dié het een middag losgegaan en op haar geval. Sy is onder dieselfde tapyt by die huis uitgedra. Ná die begrafnis het almal koek geëet en na die vol mure gekyk.

Toe het Ouma gesê, Nou wat van die P'tjies.

Die P'tjies was P en P, my tannie se twee seuns. Hulle was my nefies, maar my ma het gesê ons hoef nie dit te sê tensy iemand ons dreig nie. Hulle name was Paul en Petrus, Maar ons het hulle Paal en Punt genoem. Paal was maer, lank en heeltemal reguit met 'n gesig wat gelyk het soos 'n wekker net voor hy afgaan. Hy was stil en skelm en het almal 'n klein bietjie gespanne gemaak. My oupa het gesê hy weet 'n mens moet jou kleinkinders liefhê, maar kan ons hom net eers vir 'n paar jaar toesluit.

Punt was die teenoorgestelde. Koeëlrond met klein saamgestelde ogies en kort, dik beentjies wat glad nie by die knieë wou buig nie. As daar 'n Olimpiese Spele was vir spaarbussies, dan was hy die diskusgooier. My oupa het gesê hy weet 'n mens moet jou kleinkinders liefhê, maar is daar nie iewers 'n plaas vir ronde kinders met stywe knieë nie?

Paal en Punt was altyd saam. Wanneer hulle langs mekaar gestaan het, het hulle gelyk soos Vraag 1. (Wat is die hoofstad van Sultanië?)

Die volgende vraag was wat van hulle sou word. Hulle pa kon nie na hulle kyk nie, hy moes die goed van die mure afhaal. Ons gesin was reeds te veel vir my pa se salaris. Ouma sou hulle vat, maar hulle was nie veilig naby Oupa nie. Die res van die familie het nie eers opgedaag vir die begrafnis nie.

Ná 'n lang vergadering en baie foonoproepe word daar uiteindelik besluit, die hele familie moet inspring, ons nefies gaan sirkuleer, twee maande op 'n plek, ons is eerste.

Ek wil nie meer lewe nie, sê ek.

Hou op met jou drama, sê my ma, Jou pa lê nou nog wakker oor jy vir Dominee de Ridder loop vra het of jy voorgestel kan word in 'n rok. Jou nefies kan slaap in die stoepkamer.

So ry ons huis toe. Ons was seker nie die eerste mense wat teruggekom het van 'n begrafnis met nog meer mense in die kar nie, maar vir 'n tiener met 'n aanvoeling vir kuns was dit nie maklik om skielik in 'n huis te woon met twee nefies wat lyk soos Vraag 1. nie.

Die eerste paar dae was nie so erg nie, hulle was die hele tyd in die stoepkamer, my ma het gesê hulle hoef nie dadelik skool toe te gaan nie, hulle is nog verward en moet aanpas. Drie dae later kom roep my ma my pa en sê hy moet kom kyk hoe lyk die stoepkamer. Ons loop almal agterna.

Dit was seker van hartseer of skok, maar hulle pa het nooit vir iemand vertel Paal en Punt het stokperdjies en familiegene nie, toe ons by die stoepkamer instap, is alles toegeplak met vuurhoutjies. Bokant die kaggel is 'n toneel van die Groot Trek. Of so lyk dit, tot jy sien dis nie die beeste wat horings het nie, wel die boere. Bokant die een bed is 'n groot vis met 'n sonbril en bokant die ander bed is 'n lokomotief met oë en 'n oop mond, hy eet 'n skoolbus. In die hoek sit Paal met 'n buisie gom en langs hom sit Punt met 'n handvol vuur-houtjies.

My pa begin saggies neurie aan 'n gesang wat hy baie liefhet. My ma snuif soos 'n hondjie met griep.

Waar is my blompot? vra sy.

Paal wys met sy vinger.

Op die boekrak staan haar blompot. Sy het dit as 'n jong meisie self gemaak by 'n kunsles. Dis nou toegeplak met uitgebrande vuurhoutjies in dieselfde patroon as skubbe. Dit lyk soos die een poot van 'n ou, ou oerdier. Die boekrak is ook toegeplak. En die boeke. Alles vol skubbe. My ma draai om en stap kom-buis toe. Ek tel tot by drie en toe hoor ons die oondplaat. Dis wat sy eerste uithaal tydens 'n krisis. En dan bak sy. En dan eet ons jam roll. Drie keer per dag vir sewe dae. Dié keer eet ons dit vir tien dae. My pa smeer dit later met peanut-botter en kondensmelk, maar al wat ons proe is krisis.

My ouma bel kort-kort.

Dis in ons gene, sê sy, Ons kan nie ophou nie. Dis wie ons is, party eet, party drink, party hang goeters op, ander steel goedjies, dis ons bloed, daai kinders kan nie help nie, vir die een is dit gom, vir die ander is dit vuurhoutjies, ons moet hulle liefhê, Oupa gaan nie, maar ons ander moet.

Oral waar ons kom, sit Paal met sy buisie. Langs hom staan Punt. Hy het 'n bol vuurhoutjies bo-op die dosie, dan skiet hy hulle met sy vinger en dan vat hulle vlam dat jy dit hoor en ruik. En dan blaas hy dit dood.

Eendag is daai kind se asem op, sê my ma, Dan brand hierdie plek af tot by die see.

En dan bak sy. En dan eet ons.

Tot op die dag van die atletiek. Dit was net voor die nefies moes vertrek na die volgende gesin. Dit was 'n warm dag, almal was so moeg soos wat jy is by atletiek. En opgeblaas van gaskoeldrank. En naar van maalvleis en worsies. Paal het die skoolhoof se kar toegeplak totdat dit gelyk het soos 'n tarentaal wat koes. En Punt se asem het opgeraak en hy het die pawiljoen afgebrand. Ek het mikrofone sien staan by die tafel met die bekers. Ek het soontoe gehardloop en afgekondig dat ek 'n aangenome kind was.

Toe is ons huis toe. My ma het die oondplaat uitgehaal en gebak. En ons het geëet. Want dis wie ons is.

(uit *Konserttoer*, 2014)

DUET

Dit is al oor en oor bewys dat die meerderheid inwoners van ons planeet se grootste droom is om te sing. En vir die meerderheid van hierdie meerderheid is dit 'n nog groter droom om saam met iemand te sing. Ek moet erken dit was nog nooit een van my begeertes nie.

Ek het my laerskooljare deurgebring in die Swartland op 'n dorpie wat begin met 'n P. En tot vandag toe, as jy verby die Moederkerk ry, sal jy sien die boonste ry vensters het 'n ander kleur glas in as die onderste ry, die rede vertel ek nou.

Ek was vriende met die dokter se dogtertjie, sy was my heel beste maatjie. Haar naam was Christina of Christel. Sy was 'n maer, gespanne meisietjie en was, soos enige kind wie se ouers afsydig is of rook, heeltyd op soek na geselskap of gewonde diertjies om te versorg. Daar was altyd 'n geitjie in 'n kosblik of 'n voëltjie in 'n sakdoek of 'n katjie in 'n handdoek.

Haar ma was 'n lang vrou met 'n kopband en 'n japon, sy't gelyk of sy nou net iets laat verwyder het, maar eintlik was sy net verslaaf aan hoesstroop. In daai dae was 'n dokter se spreekkamer by sy huis. Dus was dié vrou heeltyd gedrink want daar was rakke vol hoesstroop in die spreekkamer. Ek dink nie jy sal dit in 'n mediese boek opspoor nie, maar hierdie tipe alkoholisme gee ná 'n paar jaar vir jou die helderste stem in die omtrek, sou jy nugter genoeg wees om dit te gebruik.

So bel ons dorp se orrelis eendag om iets te vra oor salf en om een of ander rede antwoord die dronk nagtegaal die foon, die orrelis is só opgewonde, sy vergeet heeltemal van haar uitslag en besluit sy doen nooit weer 'n sangdiens sonder dié stem nie. Dit vat 'n leërskare, twee ingrypings en 'n klein bietjie geweld om die vrou, haar naam was Maude of Mandy, te oorreed, maar op die ou end stem sy in, sy gaan 'n solo sing met die koor.

Ek is die enigste seun op die dorp wat hou van musiek en word gevra om die eerste versie te sing, ek simboliseer onskuld, dan sing Maude of Mandy, dan kom die koor by en aan die einde sing ek en Maude of Mandy heel bo. Ons oefen vyf keer in die kerk, Maude of Mandy is in 'n pelsjas, met haar kopband, so dronk soos 'n rivier.

Uiteindelik breek die groot dag aan, ons kerk sit gepak, op die galery sit die koor, langs die koor sit ek en Maude of Mandy en langs haar sit Christina of Christel, die dokter het gevoel dis veiliger as sy daar is om haar ma te ondersteun. Tydens die preek bly Christina of Christel afkyk, ek rek later my nek om te sien wat gaan aan. In haar hand is 'n bol watte en 'n klein eiertjie. Dié het seker uit 'n boom geval.

Die preek is kort, want dis 'n sangaand, maar ek is baie gespanne, Christina of Christel bly lol met die eiertjie en haar ma drink soveel hoesstroop, *my* keel voel later lekker. Toe die dominee sê ons moet bid, is ek te bang om my oë toe te maak, maar ek doen want ek is so geleer. Toe die dominee sê amen, is Christina of Christel se eiertjie gekraak en haar ma lê plat langs die orrel.

Toe gebeur alles gelyk. Die dominee gee die teken, die orrelis begin speel, die koor staan op en uit die eiertjie verskyn 'n koppie. Ek spring op en sing my vers, Christina of Christel is histeries, sy weet nie wat nou by haar eiertjie uitgebroei het nie, sy weet haar ma moet nou sing, sy weet haar pa het haar gestuur om te help, sy spring op en begin sing, hoog, hoër as enigiets wat nog ooit gehoor is, so hoog soos 'n Chinese opera binne-in 'n vuurpyl. En soos die eiertjie kraak, so kraak die ruite, die hele boonste ry, een vir een.

Ons is huis toe sonder 'n kollekte of 'n slotgesang. Nie Maude of Mandy of Christina of Christel is ooit weer gesien nie. Waar die eier vandaan kom sal ons nooit weet nie, maar dit was 'n drakie wat daar uitgebroei het, hy het groter geword en twee kinders by die tennisbaan opgevreet voor hy gevang is. Ons het weggetrek en ek het nooit weer 'n duet gesing nie.

(uit *Konserttoer*, 2014)

FOUR FIRSTS

If I had to make a list of the worst places where I ever had to do a show, it would be a long list, but amongst the top ten would be a small town with a name that started with an F. This town used to be in the Eastern Cape, although I sincerely hope they have moved it even more out of reach by now.

When I started singing for money, I was so happy every time somebody booked me for a concert, I did not care where it was or how deeply the community would be offended by my presence, I was just too glad to show the world I had arrived. The first hint of reality and all its cruelty came to me in the town that started with F.

On the morning of the concert, my accompanist and I flew to East London. We had very small seats in the back of the plane in a very special class called Extra-economy-with-no-food-or-water-for-refugees-and-other-victims-that-have-already-suffered-so-much-that-this-should-be-fun. I knew nothing, I was happy, I was flying.

At the airport we were received by the people from F, a woman who looked like a tortoise who couldn't pull in his head because he was too big for his shell and so had put on a dress and hoped nobody would notice. She was accompanied by her husband, a red man with skin that looked like he had been captured by savages and boiled in oil. We later realised this was because he had a nervous condition that made him pull every hair out of his body.

If ever there were people on this earth who, for some reason, had to smuggle hay and decided to use a very old Mercedes Benz and then afterwards sold it without cleaning it, then it was the people from F who bought it. It was The Vehicle From Hell, with the inside covered in dust and tiny pieces of hay. And so started one of the longest journeys that ever took place in three hours. While the accompanist and I alternated between attacks of asthma and hay fever, the boiled man drove The Vehicle From Hell the way a boiled man would, fast and slow and fast and slow, stopping completely every time he discovered a new hair that could be pulled out. In between, the tortoise told us how hard it was to convince the people to come to the concert.

Which caused me – for the very first of many times in my career – to ask, So why did you book us?

Ag, you'll enjoy it, she said, It will be exciting, it is the first time we have a show at the slagpale.

The second first of that day was learning that when you think nothing can get worse, something can. While I was having visions of myself singing "The Rose" while blood was being hosed off the slaughterhouse floor, we drove into F and stopped in front of the hotel. It was a long, thin building that stood on the pavement. It had no garden, no front entrance, just a narrow stoep, Spanish arches and a row of doors. The tortoise turned around.

Everybody stays here, she said, We will pick you up at six.

Then she handed us two keys, we took our suitcases and they drove away. I remember I opened my door first and walked into a room that you can only see on CNN after a shoot-out in the Middle East. No water, no food, no TV, just a bed for terrorists to hide under, a cupboard for prostitutes to hide in, a small window for making sure how narrow the stoep really was, and a lamp for storing your hand grenade.

The third first of the day was how I turned around to the accompanist and how we held each other and how much we enjoyed it. The rest of the day was a blur.

I do remember that when we climbed onto the thing that served as a stage that night, there were no people, just two hundred chairs, each one with a vegetable on it. The vegetables had large eyes that opened and closed slowly. We finished the concert in silence and went outside. The vegetables went into another room to eat meat.

Outside a man was smoking a cigarette. He was young and tanned and very thin and had no shoes and looked like one of those people who slept in tents at a rock festival. But he was beautiful. And when he smiled with two rows of the most perfect brilliant white teeth, I knew that angels lived among us.

He held out his hand and said, I'm Jeffrey.

I held out my hand and said, I'm desperate. Please, help us, they want us to sleep in a whorehouse that looks like Iraq.

Jeffrey laughed.

Oh yes, he said, The Spanish one. We've all been there. My friend and I just brought the stuff for the show, we sell cool drinks and ice. But we're driving back to East London.

Please, I said, Take us with you.

Fine, said Jeffrey, But we only have a bakkie.

We'll sit on the back, I said.

I'm not sitting on a bakkie, said the accompanist.

He can sit in front with Dirk, said Jeffrey, I don't mind sitting on the back.

When we got to the bakkie, Dirk was loading ice. He was a huge man with a cylinder-shaped head and a unibrow that touched his nose. He looked like a very angry cake tin.

The vegetables are not drinking, he said, Let's go.

Dirk and the accompanist got into the front of the bakkie. Jeffrey and I climbed onto the back and sat down between all the bags of ice. Jeffrey pulled two thin blankets from a bag and gave me one.

It gets very cold, he said.

Why don't you wear shoes? I said.

My toes don't like it, he said.

Then he gave a smile that healed my soul of all past and present sorrows and pulled the blanket over his head.

Sometime during the night I woke up. It was very quiet and I realised we were not moving. I lifted my head. We were next to the road in the middle of nowhere. The moon was shining brightly and everything was light blue. The bakkie's door was open and Dirk was missing. The accompanist was sitting motionless in his seat with a man pointing a gun through the window.

Where is the key? asked the man.

Dirk has it, said the accompanist.

Where is Dirk? asked the man.

He went to pee, said the accompanist.

I touched Jeffrey's arm. He lifted his head to see what was happening. Then he lifted himself onto the edge of the bakkie and slowly lowered himself onto the road. He crawled to the front and then slowly got up. I knew he was going to tackle the man but then he bent forward, lifted his arms like tentacles and collapsed to the ground. He looked like a tanned ghost finishing a ballet in the moonlight.

The man threw his gun in the air.

Don't hurt me, he screamed, I'm sorry!

Then Dirk came out of the bushes and hit him on his head. The man fell next to Jeffrey.

I can't get up, said Jeffrey.

What happened? said Dirk.

My toes are frozen, said Jeffrey, I fell asleep with my feet on the ice.

Dirk lifted him onto the back of the bakkie, I wrapped his feet in the blanket and held them the way a mother would hold her twins.

You saved us, I said.

Just for a second, said Jeffrey, If he saw I couldn't move, we would have been dead.

And that was my fourth first of the day, learning that if you were meant to save a life, you would.

(from the *Jeffrey and the Cold Feet* stage production, 2014)

DIE WEDUWEES VAN WELLINGTON

Die heel eerste keer dat ek ooit hoendervleis gekry het, was ek sewe jaar oud. Dit was tydens 'n kerkkamp in Riebeeck-Wes. Ek kon nooit uitvind of dit die singery was of die feit dat dit goedkoper was as om see toe te gaan nie, maar my pa kon 'n kerkkamp nie weerstaan nie. Ons gesin het dinge bygewoon waarvan die hedendaagse mensdom nog nie eens gehoor het nie, ons het gebly in karavane, houthutte, sale, rondawels, tente en boomhuise, ons het tougestaan vir pap, maalvleis, sponskoek en gesangboeke. Ons het gesing met kerse in papierhouers, rondom kampvure, met kitare, onder bome, op komberse en in sirkels. Een aand het ons in 'n groot saal op opvoustoele gesit en kyk na 'n rolprent oor die Romeine. Daar was 'n groot klipteater met duisende mense, elkeen geklee in 'n wit laken met 'n skoolbelt. Ek het hoendervleis gekry van kop tot tone en besef ek wil eendag 'n konsert daar hou. Toe het hulle honderde Christene ingejaag en die leeus het begin eet. Ek het histeries aan die huil gegaan en eers tien jaar later tydens hoërskool weer 'n fliek gesien. Dit was in die Voorligtingsklas en het gewys hoe blankes in die sewentigerjare voortgeplant het sonder om hulle klere uit te trek. Dit was net opwindend die paar keer toe die film gespring het. Tot vandag toe weet ek nie hoekom enigiemand wil trou sonder 'n projektor nie.

Die tweede keer dat ek hoendervleis gekry het, was in Wellington.

Ons het vir 'n langnaweek by my ouma-hulle gaan kuier en toe ons daar aankom, was daar 'n klomp vrouens in die sitkamer. Almal het gelyk gepraat en beduie. My ouma het ons elkeen 'n soen gegee en toe gesê ons moet die koek in die kombuis gaan haal, sy weet nie hoe anders om hulle stil te kry nie.

Uiteindelik het hulle tjoepstil gesit met bordjies koek.

Om 'n fakkel te dra is om iets te bevestig, sê Ouma, Jy moet trots en dapper wees, jy wys jou oortuigings vir die wêreld. Wat wil julle doen met Ekkie Ruyswyk? Sy loop soos een wat bang is die oorlog kom terug.

Sy's ons nuutste weduwee, sê 'n vrou.

Dan moet sy agter loop, sê Ouma, Die een wat voor loop is 'n kampvegter, 'n leier, nie 'n ding wat pad-af sluip soos 'n spoorsnyer nie.

Ons voel dit moet Ekkie wees, sê die vrou.

Nou maar dan vat julle haar môre gronde toe en oefen dat julle kan sien hoe dit lyk, sê Ouma, Ek sal kom help.

Die vrouens is uit by die deur.

Wat gaan aan? vra my pa.

Oormôre is dit Weduwee-dag, sê Ouma, Een keer 'n jaar marsjeer al die weduwees met die hoofstraat af vir bewusmaking. Hierdie hele streek het honderde weduwees want hier is te veel wingerde, die mans suip hulle organe stukkend, jy hoef nie eens te vra nie, jy wéét hier's elke Woensdag 'n begrafnis.

Die volgende oggend vat Oupa vir Ouma gronde toe, ek ry saam. Die weduwees staan klaar in 'n ry, elkeen in 'n wit laken met 'n skoolbelt. Ek kry só hoendervleis dat ek loop met stywe knieë.

Hou op spot, sê Ouma, Hulle het nog nie eens begin nie.

Die weduwees gaan staan twee-twee in die ry. Heel voor staan Ekkie Ruyswyk met 'n stok in haar hand.

Lig hom hoog, sê Ouma, Wys jou vlam vir die volk. Eeeeen stap!

Hulle begin stap. Ekkie loop stadig met sulke hoë boogtreetjies. Die twee rye agter haar loop onmiddellik in mekaar vas.

Stop! skree Ouma. Sy stap tot by Ekkie.

Het jy in iets getrap? vra Ouma.

Ek loop net, sê Ekkie.

Dis hoe 'n kat loop op nat gras, sê Ouma, Katvoet. Jy moet jou voete neersit. En maak reguit jou rug. Eeeeen stap!

Ekkie maak weer boogtreetjies en trap in die lug.

Stop! skree Ouma. Lig op jou rok! Wat is aan jou voete?

Dis ballet-slippers, sê Ekkie.

Jy kan mos nie met plat voete in 'n optog loop nie, sê Ouma, Geen mens op aarde loop sonder 'n hak nie, nie 'n man nie, nie 'n vrou nie, jy moet jou agterkant lig. Dit gee jou 'n postuur, dit maak jou derms reguit dat jou ontbyt kan gaan waar hy hoort. En dit lig jou stuitjie dat jou afdelinkie kan aftip. Dis hoekom elke tweede wese loop met blaasinfeksie. Mens loop nie met jou afdelinkie vorentoe nie, dis ongesond en onbeskof, jy dra 'n hak, dat jou sake kan ondertoe wys. Jy loop net met plat voete die week as jy kraam, dan is jou afdelinkie verwoes, maar nou is ons in 'n optog.

Ure lank oefen hulle, Ekkie loop soos 'n bang bokkie, Ouma sê later ons moet maar ry en van nou af kry Oupa nie 'n druppel drank nie, as hy doodgaan, gaan sy nie straatvee met dié spul bleek besems nie.

Die volgende dag staan almal langs die straat en wag vir die optog. Almal het kameras en 'n paar huil al klaar. Agter die stadsaal staan al die weduwees in hulle formasie. Heel voor staan Ekkie Ruyswyk in haar laken en 'n paar verpleegsterskoene met plat hakkies.

Ouma sê, Vandag moet jy lig wat jy kan en laat sak wat jy moet, hierdie is jou dag.

Ekkie kyk na Ouma met waterige ogies.

Weet jy hoekom almal in wit is? vra Ouma.

Ekkie skud haar kop.

Want dis 'n nuwe begin, sê Ouma.

Ek mis hom so, sê Ekkie.

Ek sou ook, sê Ouma, Hy het soveel moeite gedoen. Hy het uit sy pad gegaan, hy het in die nagte rondgekruip sodat jy nie ontsteld hoef te raak nie.

Ekkie kyk Ouma met groot oë aan.

Hy was 'n bedagsame man, sê Ouma, Hy't gesorg dat jy nooit uitvind van die ander nie, tot vandag toe weet jy nie van een van die vrouens nie, nie 'n enkele affair nie, ook nie van die buite-egtelike kind nie, 'n pragtige seun, hy werk in die Paarl, hoe voel jy nou?

Ekkie staan soos 'n beeld. Lank staan sy. Toe draai sy om en kyk na die vrou agter haar.

Waar's my donnerse fakkel? skree sy.

Van iewers verskyn 'n vlam. Ekkie gryp hom, lig hom bokant haar kop en begin marsjeer. Sy trap Wellington se hoofstraat só vas dat ander dorpe nou nog vra wie doen hulle teerwerk.

Die mense het vir dae gepraat. Hulle het gesê dit was die roerendste optog in jare. Party het gesê die vrou heel voor kon minder gevloek het, maar dit was pragtig. 'n Klomp vrouens het gesê hulle kan nie wag om eendag saam te stap nie en een jong vroutjie het dieselfde aand begin om haar man gif te gee, maar uiteindelik was daar weer kalmte in die dorp.

Ek het al rondgevra, maar niemand kan vir my sê of die weduwees van Wellington nog marsjeer nie. Ouma is 'n jaar voor Oupa oorlede en was nooit 'n weduwee nie. Ekself was nog nooit in 'n optog nie en ek dra ook nie wit nie, maar ek dink gereeld aan my afdelinkie en as ek iewers verskyn, is dit met hakke. En elke keer kry ek hoendervleis.

(uit die *Jeffrey and the Cold Feet*-verhoogproduksie, 2014)

GROTER DINK

Ek het al voorheen vertel hoe ek as musiekstudent orrel ge-speel het vir sakgeld en ook 'n kerkkoor gehad het en hoe een van die lede, Titia, op 'n dag spontaan aan die brand geslaan het en hoe ons op die begrafnis gesing het.

Drie weke ná die begrafnis is die koor weer op 'n Dinsdagaand op die galery vir 'n oefening. Ek is druk besig om die note van 'n nuwe lied by 42 gewillige, maar hoogs onbekwame kele in te forseer, toe Nimfie haar hand opsteek en vra, Kan ons bewe-gings bysit?

Ek sê, Nimfie, teen die tyd dat ons hierdie ding se note ken, gaan 'n groot deel van hierdie koor nie meer lewe nie.

Ons is nog baie bedruk oor Titia se storie, sê Nimfie, Dit sal almal 'n bietjie opkikker.

Ek sê, Daar is kinders wat snags wakker lê want hulle is oortuig in hierdie kerk woon 'n monster met 42 koppe en nou wil jy dit laat beweeg?

Die mense is mal oor die koor, sê Meneer Linge.

Ek sê, Driekwart van hulle is toondoof en die res kan bloot nie glo ons hou nog aan nie.

Meneer Linge spring op.

Nou lieg jy, sê hy, Toe ons "Hoor jy die klok, verlore siel" gesing het, het mense sit en huil.

Ek sê, Ek het ook, Meneer Linge. Wanneer 'n Westerse koor spontaan in 'n Chinese toonaard lostrek, kan dit die traanklier ontstel.

Meneer Linge lig sy vinger. Toe swaai die kerk se deur oop en Oom Dif storm by die trappe op.

Jammer ek is laat, sê hy, Maar Blaire is op die dak, ek het haar probeer afpraat, maar sy wil nie hoor nie, iemand moet kom help voor sy spring.

Ons is almal af by die trap, uit by die deur. Langs die kerk-kantoor is 'n afdak met parkeerplek vir die predikant en skriba. Bo-op die afdak staan Blaire met haar koorlêer onder haar arm.

Blaire was 'n maer meisietjie met lang gelerige hare. Sy het drie jaar vroeër klaargemaak met skool en toe kursusse voltooi in verpleegkunde, tik en gasvryheid. Sy was verloof aan Jeffrey met die vorentoe-ore en sing in die kerkkoor al vandat sy vyftien is.

Is jy mal? skree Nimfie, Ons het nou net begrafnis gehou!

Ek ry gou en gaan kry haar ouers, sê Oom Dif.

Blaire staar die vertes in.

Kyk jy na die dorp, my liefie? vra een van die alte, Wat sien jy?

Wat moet sy sien? sê Nimfie, Dis nag.

Jy moet mooipraat, sê die alt, Netnou spring sy.

Sy staan op 'n afdak, sê Meneer Linge, Laat sy spring. Net 'n dikke kom iets oor van so 'n kort afstand.

My liefie, sê die alt, As jy jou been breek, gaan jy net baie slegter voel. Waar is jou verloofde, moet ons hom gaan soek?

Blaire gooi haar koorlêer met 'n boog van die dak af.

Ek dink dis haar naam, sê die alt, Ek ken nie een Blaire wat gelukkig is nie.

Want blêr is 'n werkwoord, sê Nimfie.

Ek sê, Dis Engels.

Daar's 'n klomp mense wat hulle kinders sulke name gee, sê 'n vrou agter my, Fineesja en Faroeshé, dan werk hulle in 'n fabriek. Elke keer as jy hulle naam sê dan dink hulle hulle hoort op 'n ander plek. Hulle is nooit gelukkig nie.

Toe lei Oom Dif 'n vrou tot voor.

Praat haar af, sê hy.

My engel, dis Mamma, sê die vrou, Daar is ander mans. Jy is pragtig. Jeffrey het net geskrik, hy moet nog sy duiwels uitry, dis nie nou sy tyd nie.

Wat gaan aan? vra Nimfie vir die vrou.

Jeffrey het mal geraak, sê die vrou, Hulle sou die einde van die jaar trou, nou drink hy elke aand en lê by ander meisies.

Trou? sê Meneer Linge, Sy's dan gister klaar met skool.

Hulle was verloof, sê die vrou.

Verloof is net om die koors af te kry, sê Oom Dif, Sy moet eers mens word en werk en wag tot sy in volle blom is.

Die meisietjies kan nie wag nie, sê die vrou agter my, Hulle kies al die rok in standerd 6 en die koek in standerd 8.

My dogter en haar vriendinne dink nie eens aan trou nie, sê Nimfie.

Ja, dis die ander lot, sê die alt, Die terte.

Nimfie haal diep asem.

Dié kant, anderkant, sê Meneer Linge, Maak nie saak nie, as jy te vroeg begin, maak jy te vroeg klaar. In die ou tyd was dit fine, jou tande val uit op dertig. Maar vandag moet jy eers uitvind wie jy is voor jy begin fondament grawe, daar's 'n hele lewe voor. Dis hoekom almal skei of hoer of drink.

Ons dink te klein, sê die alt, Daar's 'n hele wêreld, ons moet groter dink.

Nie almal kan groot dink nie, sê Nimfie.

Sê die vrou wat 'n heel hoender opvreet by 'n begrafnis, sê die alt.

Nimfie haal nou baie diep asem.

Kom ons sing vir haar, sê iemand.

Ja, sê die vrou agter my, Daai mooi ding van die vis.

Ek sê, Vir die honderdste keer, dis "Panis Angelicus", al sing jy Pan Is Vol Jellievis.

Ék het gehuil, sê die vrou agter my.

Ek sê, Hoekom sal jy in 'n kerk sing oor vis? En dan huil?

Blaire gee 'n tree vorentoe.

Sy gaan spring! skree die alt.

Blaire gaan staan.

My engel, sê haar ma, Moet ek hom gaan soek?

Hy gaan nie kom nie, sê Meneer Linge, Ek het hom in die dorp gesien, hy't koue voete. Dis verby. Hy gaan nie trou nie. Nie gou nie.

Wil jy hê my kind moet spring? vra haar ma.

Sy gaan nie spring nie, sê Meneer Linge, As jy wil spring, loop kies jy hoogte. Jeffrey het koue voete vir trou, sy het koue voete vir spring. Hulle's te jonk vir enigiets.

Nou wat nou? vra Nimfie.

Laat ek met haar praat, sê 'n stem.

Tussen die koorlede verskyn die koster. Hy was altyd 'n man van min woorde, praat net in 'n noodgeval. Hy gaan staan heel voor en kyk na Blaire.

Kan jy sien of die boor nog daar lê? vra hy, Dis weg vandat ons die dak opgesit het.

Blaire kyk rond.

Ja, hier's dit, sê sy, Ek bring dit.

Toe gaan haal sy die boor, kom sit plat op die rand, draai haar bene om die paal en gly tot onder.

Dankie, sê die koster en vat sy boor.

Hier's jou lêer, sê iemand.

Blaire vat haar lêer en kyk rond soos iemand wat pas wakker geword het.

Okay, kom ons gaan sing! sê ek (vasbeslote om ook groter te dink), En volgende week sit ons bewegings by!

(uit die *Jeffrey and the Cold Feet*-verhoogproduksie, 2014)

DIE LAASTE AAND

"Teach Me Tonight", dis wat Oom Seun gesing het die aand van sy laaste toespraak. Daar was doodse stilte toe hy klaar was.

Toe het Tannie Helma haar oë oopgemaak en met haar uitstootstem gesê, Draer van die Dood, as jy my moet vat, ek is gereed.

Haar vriendin het haar hand op Tannie Helma se arm gesit en gesê, Dis nie die Engel nie, dis Oom Seun, hy't weer sy jas aan.

Toe het Mevrou Gerfland kliphard gesê, As ek net sterk genoeg was om hom af te druk. 'n Mens moet net sy kop onder 'n kraan kry en hom skoonspoel. Bleach Me Tonight, dis wat hy sal sing. Dit moet nou end kry, hy dink hy's Johnny Cash, maar hy sing Frank Sinatra songs en lyk soos 'n vlermuis met Ria se kop.

Dit was die waarheid. Oom Seun is Oom Seun genoem omdat hy nie geweet het 'n mens word ouer nie. Twintig jaar vroeër, in dieselfde saal, in dieselfde jas, 'n lang swart ding wat gelyk het soos leer, het hy die sangaand gewen toe hy Johnny Cash nagemaak het. Van toe af dra hy sy jas elke keer as iets in die saal gebeur, dra sy hare tot net bokant sy skouers en kleur dit pikswart en lyk soos Tannie Ria. Sy was 'n maer vrou met spanningshare. Dit het deur die jare uitgeval totdat presies 42 oor was. Dié het sy eweredig gespasieer en kliphard gespuit in 'n skedelbob. (Jy dink dis 'n bob, maar 'n mens sien net skedel.)

My ouma het altyd gesê al wat erger is as 'n ouman met jong-menshare, is 'n vrou met 'n asemkop. Dit lyk of sy in 'n spook staan. Daar kom 'n tyd wat jou vriende jou moet aanspreek, as jy laf oud word, gril almal. (Ek dink gereeld aan my ouma se woorde. Ek is altyd in 'n lang jas en my kop is net skedel. Het ek geen vriende nie of het ek nog tyd?)

"Teach Me Tonight" was nooit vir my 'n mooi lied nie, ek het eers onlangs daarvan begin hou toe ek Aretha Franklin dit hoor sing het, maar beslis nie die aand in die saal nie. Ek was met vakansie en het vir 'n week by my ouers gaan kuier toe hulle sê dis weer sportaand. Een keer 'n jaar het die dorp se sportklubs 'n aand gereël vir liefdadigheid. Daar was vier soorte sport op die dorp, rolbal, jukskei, tennis en darts, Oom Seun was hoof van die darts en omdat hulle altyd gedrink was het hulle die meeste geld gegee en daarom kon hy 'n paar woorde sê. Dié toespraak het met die jare al hoe langer geword en later geëindig met 'n lied. Maar almal het dit bygewoon want dit was die enigste geleentheid in die jaar wat nie deur die kerk gereël is nie en die kans vir drama was soveel groter.

Die oggend na dié aand het die mense ons huis geleen vir 'n geheime vergadering.

Dis nou die einde, het Mevrou Gerfland gesê, Oom Seun het sy laaste vertoning gegee, iemand moet hom vertel.

Dit sal sy lewe verwoes, sê 'n vrou, Hy drink al klaar.

Nie as jy dit reg doen nie, sê Mevrou Gerfland, Jy vertel hom net hy is fantasties.

Ja, sê Tannie Helma se vriendin, Toe ek my bediende afgedank het, het ek haar vertel dis oor sy te goed was vir my eenvoudige huisie, sy is met 'n glimlag daar weg.

Ons kan vir hom 'n koek bak, sê iemand.

Koek is reg, sê Mevrou Gerfland, Ons skryf sy naam met icing en iemand maak 'n toespraak.

Ons kan 'n jaskoek maak, sê Tannie Helma se vriendin, Dat die ding lyk soos hy.

Wie op hierdie dorp kan 'n jaskoek maak? sê Mevrou Gerfland.

Toe praat almal gelyk.

Jy vat karton, sê een, Smeer hom met tjoklit.

Nee jy bak hom soos 'n keël, sê nog een, Dan ice jy hom.

'n Mens vat fondant, sê 'n ander een, Jy kan dit vou soos lap.

Of daai harde troukoekgoed, sê een, Dan kan hy dit vir ewig hou.

Een ná die ander het hulle raad gegee, so opgewonde soos wat jy net kan raak oor iets wat die kerk nie gereël het nie. Op die ou einde is besluit dat elkeen 'n deel maak, dié een die voetstuk, daai een die jas, nog een maak arms, nog een die gesig.

Waar kry ek nou 'n foto van sy gesig? vra die vrou.

Vat een van Ria, sê 'n ander vrou.

Hoe lank is die jas? vra een.

Soos 'n liniaal, sê 'n stem.

Hoor almal? sê Mevrou Gerfland, Ons werk op 'n liniaal.

Ek het besluit dit maak nie saak op watter dag hierdie geleentheid gaan plaasvind nie, my lewe sal 'n arm ervaring wees as ek dít mis.

'n Paar weke later, op 'n baie warm aand, is die stadsaal stampvol. Teen die tyd dat ek daar aankom, is Oom Seun al op die verhoog. Hy is in sy jas en sy haarkleursel loop in twee dun strepies oor sy gesig tot op sy wange. Hy lyk soos 'n baie ou aktrise in 'n graftoneel. Voor die verhoog staan Mevrou Gerfland met die styfskop-oë wat 'n mens kry van stille woede.

Wat gaan aan? vra ek.

Die koek is lelik, fluister my ma.

Oom Seun haal asem en maak sy mond oop. Toe spring die burgemeester voor die mikrofoon in en bedank hom vir sy jare lange bydrae en wens hom 'n goeie rustyd toe. Oom Seun lyk soos een wat weet hy's raak geskiet maar nog nie die pyn voel nie. Toe dra twee seuns die koek op die verhoog en ek leer die lewensles dat 'n spanpoging nie altyd die beste plan is nie.

Iets het met die jas gebeur. Dit is 'n tornado van sjokolade en drop en lyk soos die aand van die spitbraai toe hulle dik Tannie Wolla met haar duffel coat uit die opslaantoilet moes sny. Die koek is duidelik vervoer in 'n motor wat in die son gestaan het, daar is diep vingermerke soos iemand die gesmelte arms probeer regmaak het en hulle lyk nou soos die plastiekpiesangs wat 'n mens druk vir stres. En die kop is Tannie Ria s'n.

Dit is 'n prentjie wat ek nooit sal vergeet nie. Ek het op die saal se trap gestaan en kyk hoe Oom Seun wegstap in sy moeë jas, die koek in 'n bos gooi, 'n sigaret opsteek en toe in die donker verdwyn.

En soms as ek op 'n warm aand van die verhoog af kom, gaan staan ek voor die spieël en wonder of dit is hoe dit gaan lyk ná die laaste aand. Swart strepe oor die gesig, 'n jas wat lyk soos leer en 'n gebreklike koek.

Maar wat ek die duidelikste onthou, is my ouma se woorde. Dit was op 'n heel ander dag, by my niggie se troue in Kaapstad. Ek en my ouma het op 'n bankie voor die kerk gesit toe 'n man met eyeliner en 'n lang jas verbystap. Ek het gedink hy lyk pragtig.

Siestog man, het my ouma gesê, As dit net gereën het, was dit nie so hartseer nie.

Hoekom sê Ouma dit? het ek gevra.

'n Man wat so loop, met 'n jas in mooiweer, is bang hy word vergeet, het sy gesê.

Hoe weet Ouma dit? het ek gevra.

Hulle was almal so, het sy gesê, Dié met die jasse. Stalin, Hitler, Napoleon, Gaddafi, die Pous, John Lennon, Liberace, dood-bang niemand onthou hulle nie.

(uit die *Die maak van 'n jas*-verhoogproduksie, 2015)

JAS

Ons word groot met die uitdrukking, 'n feit soos 'n koei. Waar dit vandaan kom, weet ek nie, maar ek het wel al gelees dat die verklaring is, die feit is vanselfsprekend. Weens ondervinding kan ek vandag verklaar dat dit nie heeltemal reg is nie. 'n Feit soos 'n koei beteken twee goed. Eerstens: Dis groter as jy. Tweedens: Of jy saamstem of nie, dit bestaan en jy moet daarmee saamleef. Dis soos 'n ouetehuisverpleegster, of jy nou wil of nie, op 'n stadium moet jy die oorlewing van jou ouers of ander bejaardes oorgee aan só 'n wese. En al woon jy drie tree van die ouetehuis af en besoek jou ouers elke dag en glimlag vir die verpleegster en vertel jouself sy is 'n engel, sy voer en bad jou ouers, wat sou jy sonder haar doen, weet jy dat as jy haar sou optel en skud, sou daar goed uitval, sjokolade en kontant, want nie net klap sy die oumense nie, sy vat ook hulle goed. Sy is 'n feit soos 'n koei en 'n koei soos 'n feit.

Nog 'n feit soos 'n koei is die gewaarwording dat daar binne-in jou 'n tweede persoon is, en dat daar agter die wêreld wat jy ken, 'n tweede wêreld is. Ons word daarvan bewus gemaak en daarheen gestuur deur goed soos geluide, skaduwees en reuke.

Die eerste reuk wat my verplaas het, was die reuk van ou motorsitplekke. Dit was agter die dorp se motorhawe, in 'n ou motor sonder wiele, dat ek as 'n jong seuntjie vir Hayley Joubert oortuig het op só 'n sitplek trek 'n mens jou broek uit, en 'n week later ook vir haar broer. Ek het nie 'n keuse gehad nie, dit was die sitplek. Nog 'n reuk wat sterker was as my wil, was dié van motorolie op 'n garagevloer. In ons garage het ek goed met my maatjies aangevang wat ek vandag nog wil herhaal.

Maar die wonderlikste reuk, die dwelm van my jeug, was saagsels, die parfuum van varsgesaagde hout. Op 'n stadium het ons teen die kant van die dorp gewoon, aan die einde van die tweede laaste straat, direk langs 'n saagmeule. Dit was voor die dae van bekommernis oor die planeet, hulle het duisende bome afgesaag en opgesaag om vrugtekissies te maak. Daar tussen die stapels hout het ek gedwaal, daagliks, swewend en ontneem van my sinne, gereed om gestalte te gee aan elke vuil gedagte waartoe ek in staat was.

Dit was daar, op 'n stil en swanger Sondagmiddag, dat ek die woorde gehoor het wat my finaal oortuig van 'n tweede wêreld. Ek het voor 'n stapel balke gestaan. Daar was 'n skaduwee wat beweeg het, net vir 'n oomblik, tussen die balke. En toe 'n tweede skaduwee. Toe het die eerste een gebuk. En toe die tweede een.

En toe het 'n stem gesê: Luk dit, dis vir die lakke.

Ek het vuurwarm geword.

En toe het die stem gesê, Bloedlooi, dan lekkies om, hiesie lug-sak, ek moet lus.

Ek het huis toe gehardloop, ek het by my kamer ingestorm en die deur gesluit. Wat het ek gehoor? Is nog mense mal van die saagsels? Die klank was in my kop, looi, lek, lugsak, lus. Was dit geweld? Moord? Wellus? Ek was te jonk vir so 'n geheim. Dae lank was ek dronk op my voete, lam van vrees, honger vir nog, ek het nie geweet wat om te doen nie. En toe, een middag, terug van die skool maak ek die voordeur oop en die stem is in ons kombuis.

Dis hoele, sê die stem, Nie hulle waaiels nie.

Ek het in my kamer gaan wegkruip, ek het nie geweet wat aan-gaan nie.

Baie later het my ma kom klop en gesê, Wil jy nie eet nie?

Wie's in die kombuis? het ek gevra.

Jou pa en jou broers, het my ma gesê.

Hoekom praat hulle snaaks? het ek gevra.

Hulle praat nie, hulle eet, het my ma gesê.

Wat is hoele? het ek gevra.

My ma het niks gesê nie.

Wat is waaiels? het ek gevra.

Waaiers, het my ma gesê.

Waaiels, het ek gesê.

Dis hoe Tannie Telma praat, het my ma gesê.

Ek het die deur oopgemaak.

Was sy hier? het ek gevra.

Ja, het my ma gesê, Sy soek waaiers vir die tafels, hulle maak 'n Oosterse aand vir die matrieks. Kom eet jou kos.

Ek het vergeet van Tannie Telma. Sy was 'n stil vrou wat nie heeltemal stil was nie. 'n Mens het gedink sy is stil al het sy ge-praat en 'n mens het gedink sy beweeg nie al het sy beweeg. Dit was van die ongelukkigheid, dit was soos 'n kombers om haar, en van die pille, sy het alle pille gedrink wat sy kon. My ma het gesê dis hoekom haar mond so droog was. En van die droogte het haar tong vasgesit. En dis hoekom sy so gepraat het. Met 'n tong teen jou verhemelte kan jy nie 'n r sê nie.

Jy kan maal net die telte in die kal sit.

En dis wat ek agter die stapel hout gehoor het. Bloedlooi was bloedrooi. Lugsak was rugsak en lus was rus. Sy was daar met 'n kind of iemand om stokkies op te tel vir die Oosterse aand.

En dit was wat ek uit die kombuis gehoor het. Waaiels was waaiers en hoele was hoere.

Hoere was die eerste lelike woord wat ek ooit geleer het. In die onderdorp was 'n klein regop huisie met drie verdiepings. Ons het dit die syhuis genoem want dit het gelyk of iemand dit op sy sy gedraai het. In die huis het twee Oosterse vrouens gewoon. Daai jare het elke dorpie twee Oosterse mense gehad, deesdae is dit meer.

Die twee vrouens het vreemde medisyne verkoop, ook baie slegte tee en potjies met salf. Saans het mans met rugpyn soontoe gegaan. Niemand het vrae gevra nie, maar hulle is die hoere genoem. En hulle het die dorp se vrouens ongelukkig gemaak, nie oor die mans nie, oor hulle mooi klere. Die ongelukkigste van almal was Tannie Telma. Sy was getroud met 'n grys, moeilike man, 'n stug ding. En dis wat almal hom genoem het, die stug ding, so het ek geglo tot ek oud genoeg was om te besef hulle praat van sy werkplek, die Stigting. Stigting van wat het niemand geweet nie, Tannie Telma het daarvan gepraat as Die Stigting Van Vaalheid, Gifspoeg En Boomsnoei. En sy het dit oor en oor gesê want daar was nie 'n r in nie.

Dit was twee weke ná die Oosterse aand, mense het net weer begin goed slaap ná al die opwinding, toe ons vroegaand hoor die syhuis is aan die brand. Die man van die Stigting was blykbaar in die straat toe hy dit sien, hy het stilgehou en gesien hoe een van die Oosterse vrouens 'n groot tas probeer uitsleep, hy het dit gegryp en in sy kattebak gesit. Toe hy omkyk, is die vrou terug in die brandende huis en hy is gillend agterna. Van die dorpsmense het opgedaag en staan en kyk, maar niemand het gehelp nie, sy was dan 'n vrou van die nag en hy was van die Stigting, wat hol hy agter haar aan? Toe stort die huis inmekaar, die man en die twee vrouens is nooit weer gesien nie. Toe die polisie met die nuus by Tannie Telma aankom, het sy so geskrik, haar tong het sommer losgeraak en sy het gesê: Rêrig?

My ma sê dit was van blydskap, daai vrou het nie 'n dag van vryheid of liefde geken nie, daai man het haar onder sy duim gehou, sy was soos 'n vlooi onder 'n vet hond, sy kon nie 'n mooi rok aantrek of hard lag of 'n glas wyn skink nie, hy't haar stilgesmoor. My ma het gesê ons bly op 'n dorpie, smaak is dood en pret is gevaarlik, die mense lewe van poeiermelk, soppoeier en vlapoeier. En as jy woon in die poeierdriehoek is jy bang vir alles, jy oordeel net volgens wat jy ken.

Die dag ná die brand was die polisie weer by Tannie Telma, hulle het die motor gebring. Hulle het ook gesê daar is 'n tas in die kattebak. Dié tas het sy by die huis ingesleep en oopgemaak. Binne-in was 'n Oosterse jas in heldergroen, pienk en rooi. Dit was versier met klein skilderye en duisende blaartjies wat regop gestaan het. En daar was 'n onderkleed in dieselfde kleure. 'n Ander vrou sou begin huil en woedend gewonder het oor haar man en die waarheid. Tannie Telma het na haar asem gesnak en ure gevoel aan die eksotiese skepping.

Die res van die dorp het ook na hulle asems gesnak, want dit was in dié uitrusting dat Tannie Telma twee dae later langs haar man se graf gestaan het. Vir mense in die poeierdriehoek het dit gelyk soos iets uit 'n sirkus, gemaak uit goedkoop lap, gedra deur 'n hoer uit die Ooste.

My ma het gesê sy weet nie waar die uitdrukking vandaan kom dat iemand kan omdraai in sy graf nie, maar sy is seker die oorlede man het.

Tannie Telma het kiertsregop gestaan. Sy sou nooit weet dat wat sy aanhet uit die 17de-eeuse Ming-dinastie was nie, dat dit gemaak is uit 'n dik sy wat nie meer in die moderne wêreld beskikbaar is nie, dat dit met die hand beskilder is, dat dit in die kleure van 'n koninklike familie was en dat elke blaartjie honderde jare gelede met die hand op sy plek vasgewerk is iewers in 'n werkskamer agter 'n paleis, dat dit tydens 'n rebellie deur 'n diensmeisie uitgesmokkel is en dat dit die geheim van 'n verbode liefde en die geskiedenis van 'n eeue oue kultuur en uitgestorwe vakmanskap saamdra. Vir haar was dit bloot 'n feit soos 'n koei: sy het nog nooit so goed gevoel nie.

(uit die *Die maak van 'n jas*-verhoogproduksie, 2015)

DEAD NATE

Although I have done it many times, I have never liked travelling long distances in a car. I find it uncomfortable, dangerous and boring. But what I like even less is spending a night in a strange bed or an ugly guesthouse or an unfriendly town. So, when I have to go to a hideous place to do a concert or give a talk and there is an airport but not a same-day flight, I will travel by car so that I can return the same evening.

And this is how I discovered the secret and relentless world of the Transporters. There are creatures amongst us, disguised as ordinary people, family and friends, who seem to know everything about our travel plans even before we have announced them, creatures who jump into action every time we have to travel by road, creatures who find things, ridiculous things, that need to be transported every time we, the innocent, get behind our steering wheels. Over the past years, on my way to or from concerts, I have had old people in my car, also children, quiet, hysterical or wounded strangers, farm produce, amateur artworks, antique furniture, knitwear, livestock, dried meat, one warm pie and a small fridge.

I do not speak about my travels any more, I fill my car with costumes and luggage, I ask members of my company to drive with me, but somehow the Transporters find out and still I collect and I deliver.

I will never ask her if she is or was one of them or if she had been forced, but one day my mother phoned me and said that she had heard I was travelling to the Free State on my own and did I remember Dead Nate, he was at school with me, but he has always been very quiet, she did not think he ever spoke to me, he was still living with his parents, and she was not judging anybody because families were different, and he did have a job, but it was one of those that did not have a name, and he did not drive and he did not fly and he was up there in the north to help somebody, she did not know with what, sometimes it was better not to ask, but if he could go with me to the Free State, he could get a lift home from there, somebody else was organising that.

I did remember Dead Nate because Dead Wilkie used to make jokes about him. He always used to say, Knock, knock.

Then we used to say, Who's there?

Then he used to say, What is the difference between Dead Nate and a floorboard?

Then we used to say, You can't say that. You have to say something and then we say, Something Who?

Then he used to say, I just said something.

And then, to make it end, we used to say, Okay, what is the difference between Dead Nate and a floorboard Who?

And then he used to say, The floorboard will get laid.

And then nobody laughed and we called him Dead Wilkie because he was dead stupid. Everybody called Dead Nate Dead Nate because he never said anything and was almost invisible. In high school there were rumours about him having special powers because he once made a dead bird wake up. Nobody wanted to talk about it, but just to be safe we stayed away from him.

So I asked my mother if he still had special powers and then she said he was different from other people, but as far as she knew he was not performing miracles, but I should be nice to him, just in case.

On the morning of the trip I woke up when my mother phoned to say Dead Nate was standing in front of my house. So I let him in and asked if he would like some tea, but he just looked ordinary and smiled and went to wait at the car. We were on the road for one hour and forty minutes when he spoke for the first time.

There are six hard-boiled eggs in my bag, he said, And two sliced tomatoes.

Thank you, I said, But we will be stopping for snacks in about twenty minutes.

There has always been the belief that what you eat in a car cannot make you fat and I have always made full use of that belief. The only joy during a road trip is the unlimited amount of toasted sandwiches, hamburgers, hot dogs and french fries, things I would never eat on land.

Twenty minutes later we turned into a petrol station with a restaurant with a take-away counter. I ran inside to place my order, but it was dark and there was no music because there was no electricity. Furious and hungry, I got back into the car. Dead Nate held out a lunchbox with six eggs and two sliced tomatoes.

There is a small pump in my bag, he said.

I said, For what?

He said, For when you need it.

We were on the road for exactly ten minutes when the car suddenly started shaking. I pulled off the road and said words that Dead Nate had probably never heard before. I got out of the car and saw that one tyre was completely flat. This had never, ever happened before.

The pump is in my bag, said Dead Nate.

I have a spare wheel, I said. I opened the boot, took out my luggage, lifted the bottom and grabbed the spare wheel. That tyre was also flat. I said more words. Dead Nate took out his little pump, put air in the tyre and changed the wheel while I ate three eggs and one tomato. Then we got back into the car and started driving.

Do you have a wife and children? I said.

No, he said.

Do you have a house and a car? I said.

No, he said.

Do you have unconditional love and great health and un-believable friends and regular copulations and a fortune in the bank? I said.

No, he said.

Then what is the purpose of having special powers and knowing the future? I said.

I do not know, he said.

I said, But if you are a prophet, why can't you help yourself, why do you have to live with your parents and drive with other people?

I am not a prophet, said Dead Nate, I work at a company that makes fences, I live with my parents because I really like them and I do not drive because I can see what will happen to me.

Why can't I see what will happen? I said.

Maybe you don't need to, said Dead Nate, I think everybody gets everything, but it can be too much, so each one decides what he will use and that makes us different. Not everybody needs to see the future, your life gives you signs, the whole time, every day, if you look properly, if you learn to look past your ego, you will see what you need to see.

There were no oncoming cars on the road, so I turned my head and looked at Dead Nate. And he looked different, not dead, not useless, not invisible, he looked clever and alive and light and beautiful. I turned my head and looked at the road. And then I did what I always do.

You don't need to do that, said Nate.

What? I said.

Imagine me naked, he said.

Oh please, I said, You don't know everything.

(from the *Prophets & Painkillers* stage production, 2015)

PANADOMAN

Niks op aarde is erger as die ouderdom van dertien nie. Jy is in jou laaste jaar op laerskool en is amptelik 'n kind, maar jy het meteens die dinge van die wêreld begin raaksien en verstaan. Elke dag is dit asof iemand klein notatjies op alles om jou geplak het. In hierdie kamer gebeur eintlik dit. Hierdie is die rede hoekom die skoolhoof saans voor die verkeerde huis parkeer. Die glas in haar hand is hoekom Mevrou Erlank aan die tafel vashou. Elke dag is daar meer inligting en jy mag absoluut niks daarmee doen nie.

Asof dit nie erg genoeg is nie, gebeur daar in my dertiende jaar drie ekstra-vreemde goed. Eers kry die dorp 'n nuwe musiekjuffrou, 'n hoogs bejaarde oujongnooi uit Holland met die van Roode. Alle wesens op aarde beweeg vorentoe met 'n simmetriese ritme. Mense, slange, voëltjies en opgeleide perde beweeg met 'n ritme van twee tellings. Die res van die diereryk beweeg met vier tellings. Juffrou Roode het 'n kierie gehad. Wanneer sy gestap het, het sy die kierie saam met haar linkervoet neergesit. Op daardie oomblik het haar linkerknie geknak.

Met die opkom het haar regterbeen vorentoe geskop soos 'n bliksoldaat en daarna het sy haar regtervoet neergesit. Sy het dus beweeg met 'n ritme van drie tellings. Dit was ontstellend vir almal, selfs plante.

Boonop kon niemand 'n woord verstaan wat sy sê nie. Ek het begin bewe nog voor my klavierles begin het. Dan het sy iets gesê wat óf beteken ek moet begin speel óf ek moet gaan tuna koop vir haar kat, niemand sou ooit weet nie. Ek het net begin speel. Dan het sy woedend gesê, Tuduhu, en met haar hand op die tafel geslaan. Dan het haar regterbeen vorentoe geskop. Tuduhu, slaan, skop. Tuduhu, slaan, skop. Dit was soos 'n opgewende ding uit die Victoriaanse tyd. Een-twee-drie. En dis wat almal op die dorp haar genoem het, Een-twee-drie.

In dieselfde tyd het Vriendelike Gerhard sy ongeluk gehad. Vriendelike Gerhard was 'n verkoopsman van plaasimplemente, hy was ongetroud en het by sy ma gewoon. Op 'n dag was hy op pad Clanwilliam toe, toe hy agter die stuurwiel aan die slaap raak en oor die wit streep ry. 'n Graanlorrie het van voor af aangekom en probeer uitswaai, maar skraap toe vir Vriendelike Gerhard dat die vonke spat. Van al die wrywing word Gerhard toe magneties en kan vir die res van sy lewe net pajamas dra.

'n Week later kom kort klein Kenny by die skool aan met pieringoë. Hulle trek sy bloed en kom agter daar is meer pille in hom as in die apteek. Kort klein Kenny was twee jaar jonger as ek en sy ore was presies so groot soos sy gesig. My ma het gesê sy weet dis sonde, maar hy lyk soos drie koekies en net een is versier. Dit was 24 uur voor sy oë weer slap was en hulle hom kon ondervra, maar hy het net bly sê hy weet van niks. Twee weke later het hy weer pierings en nog later hoor ons hy verkoop pille aan die ouer kinders, 'n klomp loop met pierings en die res lê op hulle arms, die onderwysers speel al kaart met mekaar, daar's niemand in 'n klas wat luister nie.

So breek die tyd aan vir die jaarlikse straatbraai. Een keer 'n jaar word die hoofstraat toegepak met opvoustoele, stalletjies en petroldromme en word die helfte van die diereryk gaar-gemaak ten bate van die kerk, die skool en elke ander behoefte in die kontrei.

Dié jaar kondig die organiseerders aan dat almal ter wille van Vriendelike Gerhard in hulle pajamas moet opdaag, die mans moet asseblief onthou dat 'n pajamabroek meer vrygewig is as wat sosiaal aanvaarbaar is en sodra Tannie Selma weer Oop Masjien het, moet almal asseblief hulle gulpe laat toestik.

Tannie Selma se man het sy pensioen en twee polisse uitge-suip voordat hy oorlede is en vir oorlewing maak sy haar naai-masjien twee keer per maand staan op die stoep. Sy noem dit Oop Masjien en stik dan enigiets wat aangedra word in ruil vir vleis of groente. Sy sit toe vir vyf dae op die stoep en stik soveel gulpe toe dat sy later by die bure moet gaan vleis vries.

Uiteindelik breek die dag aan. Al vierhonderd mense in die kontrei is in die hoofstraat in hulle pajamas, die vure brand en al die kinders staan in 'n ry vir die sakresies. Omtrent 'n derde het pierings, nog 'n derde slaap in hulle sakke en toe die burgemeester skree, Een-twee-drie, val die res van ons plat want ons dog Juffrou Roode is op pad.

'n Halfuur later help ek en my ma Mevrou Hen by 'n stoel in. Mevrou Hen was die oudste vrou op die dorp en het dronk geword van alle vloeistof, dan het sy enige ding gesê wat in haar kop kom, mense was altyd geskok, maar dit was altyd die waarheid. Dié spesifieke oggend het sy reeds twee koppies tee agter die blad en is so dronk soos 'n propeller. Mevrou Hen is nét in die stoel, toe kom sê Tannie Selma al die hoender is op.

Dis oor Blink Evert by die hoender werk, sê Mevrou Hen, Sy gulp is oop.

My ma sluk twee winde en sê toe, Mevrou praat weer lekker los.

Daai is 'n trompetgeskal, sê Mevrou Hen.

Mensig! sê my ma.

Daai ding sal 'n stad se mure laat val, sê Mevrou Hen.

Hier is kinders! sê my ma.

As jy dáái ding blaas, sê Mevrou Hen.

Mevrou! skree my ma.

Vat hom varkvleis toe, sê Mevrou Hen.

Tannie Selma loop toe om vir Blink Evert te vat. Blink Evert was 'n sportheld wat geen span ooit gehaal het nie, maar hy het bly oefen soos 'n malle, was mooier as ander mense, het geblink van spiere en olie en was te besig om by Tannie Selma se Oop Masjien uit te kom. Dit was net vyftien minute toe's die varkstalletjie leeggekoop. Tannie Selma sleep hom dadelik tot by die beesvleis en vyftien minute later tot by die lamsvleis. Dis nog lank voor middagete, toe's daar niks meer vleis op die dorp nie.

Ek wil net huis toe loop, toe kom kort klein Kenny en sy pierings agter die munisipaliteit se bosse uit. Hy lyk soos drie koekies en een werk met batterye. Hy't 'n groot sak in sy hand.

Hierdie's myne, sê hy en sweef oor die straat.

Ek loer by die bosse in. Daar staan 'n baie ou man. Hy dra blou pajamas met 'n bont vroue-baaikostuum bo-oor. Om sy nek is 'n handdoek geknoop, dit hang soos 'n mantel oor sy rug.

Speel Oom 'n speletjie? vra ek.

Ek het my kragte verloor, sê hy, Hoekom is almal in my uniform?

Ons dra pajamas oor Vriendelike Gerhard, sê ek.

Dis *my* klere, sê die ou man.

Ek sê, Wie is Oom?

Hy sê, Ek is Panadoman.

Ek sê, Is dit Oom wat vir Kenny so pille gee?

Ek vat almal se pyn weg, sê hy, Nou's alles verby, almal wil ek wees, ek is magteloos.

Ek sê, Oom moet net hier wag.

Ek hardloop tot by my ma.

Ek sê, Daar is 'n oom agter die bosse met 'n baaibroek oor sy pajamas. Dis hy wat vir Kenny al die pille gee. Hy sê hy't sy kragte verloor.

Dis ou Don Venter, sê Mevrou Hen, Dis sy vrou se baaibroek. Hy noem homself Panadoman en hy glo hy is. Hy steel die ouetehuis se medisynekaste leeg en hy voer daai oumense enige pil wat voorkom, nie een van hulle het hierdie jaar al 'n woord gesê nie, hulle is so hoog soos duiwe.

Dis verskriklik, sê my ma.

Dis fantasties, sê Mevrou Hen, Wie wil op sy oudag sit en walms ruik as hy kan dwelms kry?

Is dit hoekom sy vrou nooit praat nie? vra my ma.

Hy verdoof haar al vir jare, sê Mevrou Hen, Sy was dertig jaar kwaad, dis vir haar eie beswil.

Maar hoe gaan sy ooit regkom? vra my ma.

Wil ons hê sy moet regkom? sê Mevrou Hen, Sy gaan weer alles onthou en van voor af onaangenaam wees. Ou Don het haar skuins verneuk, jare lank. Soos sy nou is, weet sy van niks, dit kan net lekker wees. Dis die ding van pyn, die een wat dit gee is die een wat dit kan wegvat. Dis die ding van liefde, die een wat dit gee is die een wat dit kan wegvat, dis die ding van die hele lewe, die een wat jou beskerm is die een wat jou kan aanval.

Mens moet hom aangee, sê Tannie Selma.

As jy hom wil aangee, moet jy die helfte van die mensdom aangee, sê Mevrou Hen, Loop kry eerder vir Blink Evert en stik hom toe, te veel pret is ongesond.

Toe kyk sy vir my en sê, Loop sê jy vir Panadoman ek sê hy moet so laatmiddag my pilletjies bring, so ag of nege, en sê vir hom hy moet uit die bos klim, môre is sy kragte almal terug.

(uit die *Prophets & Painkillers*-verhoogproduksie, 2015)

The Next Morning, the Press Conference, the Talk

The next morning I put on the coat again. I loved it and it was spectacular, but I still thought it needed something, maybe a belt or a large accent piece. I was standing in front of the mirror when the doorbell rang. Although they had expressly forbidden me to do so, I kept the coat on and opened the door, I wanted somebody to see it.

It was Samuel. He did not greet me, he pushed me back, stepped into the house and closed the door.

Why are you wearing that? he said. Like it was the most shocking thing he had ever seen.

I think it needs something, I said, Last night it looked fantastic, but next time it will be even better.

Last night never happened, said Samuel, And it will never

happen again. I came here to tell you not to say a word, not ever.

I know it is a secret, I said, I'm not stupid.

It was a secret, said Samuel, Now it is a case of life and death. Last night changed the world. Look at me. You were not there. I was not there. Nobody was there. And that coat must never be seen again.

I spent a fortune on this coat, I said, I went through weeks of agony to get everything perfect. When you asked me to join, I told you I would not disappoint you, and I did not.

Nobody asked you to join, said Samuel, We asked you to take part in the ceremony. We follow the ancient rites of the god Raccha. According to the scriptures we were supposed to sacrifice a woman, but these are modern times, so we decided to get something that was like a woman but not a woman – and that was you – to join in the dance and then sacrifice the goat.

It felt like my heart had dropped out of my body.

You think I'm like a woman? I said.

Everybody thinks so, said Samuel, That is not the point. That goat, deer, buck, whatever it was that was slaughtered last night, was one of the last animals on earth. We thought there was another one, the one that was supposed to go to America to breed with their one, but that was the one. We are in trouble, in danger, you cannot tell a soul what happened last night.

I never liked Samuel, I was never sure why, until the previous night, when during the dance his long skirt flew open and I saw his legs. They were thin, pale, soft and completely shapeless. I come from a family that likes food and legs. We eat food and look at legs. Legs have to be long, strong, shapely and sensual. But there were many people on earth who were naturally thin and therefore did not exercise and ended up with ugly legs. My grandmother was convinced that people with ugly legs secretly lived together and just threw their legs on a heap and when they wanted to go out they just grabbed any pair, if your legs were completely shapeless, how would you recognise them? She used to call them group legs. And Samuel had group legs.

Get out of my house, I said.

You can tell nobody, he said.

I will tell everybody, I said.

We are dead, he said. And then he was gone.

I started with Ada, she was the most perfect person I knew. She lived two streets away from me, she was always at home, home always smelled of food, she had no husband, she was old enough to be interesting and young enough to be interested. I walked to her house, still wearing the coat.

Ada was in the kitchen, shaping yellow things into a ball.

What are you doing? I said.

Moulding a chicken, she said, It is very easy, you just take potato chips and break them and then you mix cornflour with water and stir it into the chips. Then you shape it into a chicken or a ball and bake it in the oven. Then you put it on a plate with potatoes and carrots and people think it is grilled chicken.

How do you eat it? I said.

You pierce it with a fork and then it crumbles and then you eat it with a spoon, it's like cereal, just savoury and without milk. It is very upsetting, but we have no chickens.

Or animals, I said, Last night I went with a group of idiots to a farm twenty minutes from here, because I thought I was going to join a secret society, so I had this coat made and danced with them, but it turned out that they just needed something resembling a woman for their useless ritual. And then they killed a goat or whatever it was, a thing with horns, but it turned out to be one of the last ones on earth, they thought there was another one, the one that was supposed to go to America, but it was that one. So they sent Samuel to my house to tell me to tell nobody.

God help us, said Ada. Then she looked at me.

That coat definitely needs a belt, she said, Or an accent piece.

She put the chips chicken in the oven.

That's why all the guesthouses are full of press people, she said, They are all trying to get a photograph of the poor buck, they think it is being kept in some facility. That must be why it was kept on a farm, the one in America died in a facility.

I said, You will not believe who were there last night, James, Frikkie, Selwick, Anderson, Rudy, Isak, Dekker, Dustin, Jason, everybody, I still don't know what they were doing, I was so taken with being asked, I stopped thinking.

It's a boys' thing, said Ada, They feel insignificant, they get judged at work or at home, they see other men making more money and flying in little jets, so they need something too. When men feel small, they are in trouble, they need to do something, some build shopping malls, others join secret societies, some do both, it's all nonsense, but it keeps them from going completely insane.

Two days earlier I would have looked at Ada in utter amazement, but at that moment nobody on earth had better knowledge of how insignificance felt than me. I knew how it felt to be nothing. And I knew I had to do something big and wild, something I would not have done before, or I would just die standing in Ada's kitchen with a fake chicken bubbling in the oven.

I was going to tell the world, I was going to call each of those bastards by the name, even if I never did anything in my life again, I was going to expose their ignorance, their cruelty and their stupid little group legs. And I was going to do it soon. I just needed to find an outfit.

Holding a press conference is not easy. Unless you are American, they can get one together in minutes. But this time they were not holding one, they were silent because they were embarrassed about letting their last buck die in a facility.

The next morning I went to Ada's house. She was in the kitchen, shaping white things into an oval.

What are you doing? I said.

Moulding a fish, she said, It is very easy. You just cook some rice and then you flavour it, nothing but fish tastes like fish, so you use spices and things associated with fish, like lemon juice and sea salt and soy sauce and dill. Then you shape it into a fish and bake it in the oven. People seldom really know what they are eating. For good or for bad, a great part of life is about association.

Are we out of fish as well? I said.

I don't know, said Ada, Nobody is saying anything, but if we are not, we will be soon, when one thing goes, the rest goes too.

I need to hold a press conference, but I don't know where, I said.

In a guesthouse, said Ada, The press is already there.

Where do I find a guesthouse? I said.

I have two friends who cook at guesthouses, said Ada, The one place would be perfect because it is big enough, but the owners are not pleasant and their children bite.

Bite? I said.

Yes, said Ada, Because there are no more dogs, they let their children bite visitors so the guests feel safe. But you can use the other one.

And how will the press know about it? I said.

My friend is the cook, said Ada, She can tell them at breakfast.

And what will I wear? I said.

Something that has impact and style, said Ada, You cannot look ordinary like those people who have press conferences because they have missing family members and two weeks later we hear they were the murderers. You cannot wear your coat because that was what you wore when they made a fool out of you, you cannot wear a long skirt because that is what they wore, so you have to wear a short skirt. Pants are too ordinary, a skirt will show you are confident about who you are. And wear a pattern that goes with the guesthouse, that will make a nice photograph, and wear a colour that does not go with the guesthouse, that will make you stand out. I will phone my friend and tell her to get everything ready.

The next morning I was standing on a chair in front of two

hundred people with cameras and microphones, all crammed into a small guesthouse dining room.

Three nights ago I was invited to a farm by the following people, I said. Then I read out all the names.

Did they think you were a woman? said a voice.

There I was tricked into taking part in a ritual that had no purpose, I said, During that ritual the animal that was intended for breeding was killed. These people should be prosecuted. They have destroyed the future of our planet.

How was the animal supposed to breed if the intended partner had already died? asked a man.

Has the future of our planet not been destroyed by the generations of people who got us to this point? said a voice, How would you prosecute them?

How will you prove you were not an accomplice? said another voice.

Have you not known some of the gentlemen you have named for most of your life? said another voice.

How do you rule out the possibility that this was an honest mistake? said another voice.

Are you a vegetarian? said another voice, Have you never consumed animal products?

I was stunned. I did not know what was happening. I did not know what to say. The only things I could remember were Ada's words.

People seldom really know what they are eating, I said.

The room fell dead silent.

For good or for bad, a great part of life is about association, I said.

They were staring at me. I was trying to remember more of Ada's words.

Wear a colour that does not go with the guesthouse, I said, That will make you stand out.

Everybody looked down at their clothes. Then they looked at mine. And then they lifted their cameras. And there was chaos. Millions of lights were flashing, people were running in and out of the room, they were screaming at each other and screaming into telephones.

The next day I was on the cover of every newspaper in the world. THE SKIRT IS HERE TO STAY, said the headlines. Within days companies with names like Givenchy, Armani and Burberry were selling skirts to men in every international city.

I went to Ada's house. She was shaping soft caramel into a small mountain.

What are you doing? I said.

Moulding a leg of lamb, she said, It is very easy, they put salt in caramel now.

Everybody looks like me, I said.

Is that not what you wanted? she said, You changed the world.

But I did not save it, I said, And I did not make those bastards pay. Nobody heard a word I said.

They did, said Ada, You spoke about food and fashion. And that is what they needed. The world is devastated. Right now, at this very moment, somewhere, in a place too far to know of and too close to not know of, all kinds of people, even kings, are dressing up and sitting down and pretending they are having a real meal. Until we have a better plan, that's all we can do.

Nobody will ever know why anybody would do certain things and not do other things. Is it because of our DNA? Our personal history? What we watch on TV? I, for instance, will call a press conference and tell the world what I think they should know, but for the life of me I can never talk about anything physical, medical, or sexual or biological, not anything.

But I had to go to Ada's house because there were things I needed to know. And I knew that when you asked her something, there were usually more answers than you hoped for, but still I went.

She was in the kitchen, making a round, pink thing.

So I said, Are you moulding a pork belly? What do you use?

Are you off your head? she said, I'm icing a cake.

I did not even think of cake, I said, I thought it was easier to make fake meat, how do you bake a cake without butter or eggs?

You do what the vegans do, she said, It's disgusting, but it looks like cake. We can live without meat, but butter and eggs were the greatest gifts the animals gave this planet, why we had to kill them I will never know. When somebody gives you a gift, you say, Thank you, you don't say, Please step into this machine so I can process you into luggage or snacks!

That is why I'm here, I said, It's been weeks now, and we know there are no more animals, but what happened to them? Nobody says anything.

Nobody can say a word, said Ada, If one person or institution says anything, the blaming will start and there will be a war in minutes. All these airplanes that go missing, children that go missing, countries that go bankrupt, trains that crash, buses that explode, people and governments know what is happening, but if they say a word, the world is at an end. Who knows what happened to the animals? I think, everything. They were hunted because idiots thought it was a sport, countries were in trouble and took money to have their animals poached, other countries ate more animals than they bred, animals that should have stayed wild were turned into pets, other were smuggled, others died in zoos, others died of hunger because the food chain was broken, others were beaten to death so people could wear them, it all got too much. Who knows?

Ada put strawberries on the cake. I did not know what to say so I put my finger in the icing.

Don't eat that! she said, It's made with plastic!

I eat margarine, I said.

You know they make it by melting yellow furniture, she said.

So if we can't eat it, who's the cake for? I said.

It's for Emily and her husband, said Ada, I don't care if they eat it or look at it, I have to make them feel better, their son is an unspeakable.

So I fell off my chair and grabbed the tablecloth and that made the bowl of icing fall off the table and it broke on the floor and I got convulsions and goosebumps and hot and cold flushes because she was going to talk about physical things, sexual and biological whether I liked it or not.

Have you heard about the unspeakables? said Ada, That is a tale nobody should tell.

I stayed on the floor. Because she was going to tell.

Where did you get the strawberries? I said, I thought they can't grow without bees.

You know about the pretty boys who started renting themselves out as pets? said Ada, Poodles, rabbits, cats, mice, piglets, anything. With costumes. And ears on their heads.

Why do people still want pets? I said.

People need to be loved, said Ada, They need to have somebody or something that trusts them, something they can show off or train or shout at. And those boys needed work. It started really well.

I crawled under the table. Here came the details.

So the owners started hugging them and holding them and stroking them and petting them, said Ada.

I found a thin little carpet and started rolling myself up in it.

But you know they were not really pets, said Ada, Those boys. They were beautiful and fit and of legal age.

I went into the fetus position.

So one thing led to another, said Ada, And things got really inappropriate. But the boys did not complain or go to the police, they decided, if that's what people wanted, they would pay for it, and lots, so that's what they do now, the unspeakable.

Under the table I was now a cocoon.

It is unnatural, I whispered.

Of course it is unnatural, said Ada, We made a mess, we changed nature, soon there will be very little that is natural.

I was not listening. I was hiding from the truth and from all the physical talk. But I was trembling with excitement. I loved my long coat and I loved my short skirts, but I could not stop imagining the glory, the glorious glory, of what those unspeakables would be wearing.

The one thing that makes me sad about a good ritual, is that you have to take off the clothes afterwards. We have many rituals, we dress up to worship, to sacrifice, to serve and receive food, for weddings, baptisms, funerals, award ceremonies, theatre shows, product launches, court cases, courtship and seduction.

We believe this dressing up, maintaining form and remembering order separates us from animals. At the same time, as the world progresses and we lose our need or will to care for or use nature, we imitate it more and more, from fashion to decoration to household products to entertainment to behaviour.

What I did not have time to talk about is the fact that when we insult each other, we call each other animals, you're a pig, you're a snake, you're a dog. Is it because we resent the fact that we can only fully function inside a natural chain or the hierarchy of the Creation, and that we had to learn it from them?

Not everything I have said here has been the truth. We do still have animals, we have some plants and there are a few trees left. But it is the truth that we live as if all of these have already gone.

We do eat food filled with chemicals, we do imitate flavours, we do decorate our hotels, restaurants and malls with fake plants and flowers, we do practise prostitution, we do lie, deceive and desire, although everybody knows about it, crooks go unpunished and governments are allowed to ruin the world. I do not understand any of this.

So now, when I feel overwhelmed, threatened or confused, I force myself to look away from the nature we inherited and look at the one we are creating. And I tell myself that I should try and find comfort there. And this is what I have found so far.

There are people in powerful positions, but as human beings they are unskilled and unpopular. I love them. There are people who are beautiful until you talk to them, then they are pathetic. I love them. There are people who act informed and successful, but when you get to know them, they are self-obsessed and insecure. I love them. There are people who can never admit that they have done anything wrong, they will have remorse, but spend their lives defending their actions. I love them.

This is our nature. We will never learn. Stubbornly we keep fighting. Arrogantly we struggle on. Blindly some will lead us, quietly a few will see. Ridiculously this is what gives me hope, ridiculously this is what allows me to keep some faith.

(from the *After Animals* stage production, 2015)

GEMORS-AAND

Op 'n dag bel 'n vrou my. Sy het 'n welige, kleurvolle stem met sterk ondertone van buierigheid.

Goeiedag, sê sy, Ek is Haldene met 'n H. Ek doen navraag om uit te vind of u sing by gemors-aande.

Ek sê, Tot vyf keer 'n week.

Ons wil graag so 'n aand aanbied, sê sy, Ons is 'n klein maar aktiewe gemeenskappie 132 km noord van Pretoria.

Na 'n hoflike heen-en-weer van ongeveer tien minute word daar besluit op 'n datum en 'n fooi. Ek steur my nie veel aan haar bewoording of die gemors-aand-beskrywing nie, elke dorp en sy mense het hulle eie idees, ek doen net my show en gaan huis toe.

'n Paar weke later vertrek ek en my begeleier, weens tolhekke en padgate is dit 'n rit van byna twee ure. Ons is baie na aan die dorpie toe ons 'n groot wit voorwerp in die verte sien, bolle en bolle goed skiet in die lug in.

Hierdie dorpies doen darem baie moeite vir jou, sê die begeleier, Dit moet die wêreld se grootste popcorn-masjien wees.

Ons ry nader. By 'n stopstraat net buite die dorp hou ons stil. Die wit voorwerp is 'n minibus wat diens doen as 'n huur-motor. Bondels en bondels vullis word by die ruite uitgegooi, plastieksakke, koeldrankblikke, bottels, ou kos, halwe kom-berse en vrot skoene. Voor die minibus staan nog een. Sy vullis is reeds op en daar vlieg nou sitplekke en babas by die ruite uit.

Dink jy dis reklame vir die gemors-aand? vra die begeleier.

Ek sê, Nee, ek dink dis hoe dit hier is. Kyk links van jou.

Langs die pad is die hele veld wit. Dis onmoontlik om te sien of dit balletjies of slakpille of papier of asbes is, maar dis duidelik gemors. Ons ry die dorp binne, die hoofstraat word al hoe nouer, berge en berge rommel lê aan weerskante van die straat, só hoog dat jy net dakke kan sien, geen mense of geboue. Van die gemors het afgerol en lê nou in die straat.

Ek dink ons moet omdraai, sê die begeleier.

Die pad is te nou, sê ek, Hier kan 'n afgrond of 'n bus wees onder hierdie goed. Ek bly nou net agter hierdie taxi, dis die eerste keer in my lewe dat so 'n ding my laat veilig voel.

Pasop! skree die begeleier.

Reg langs die motor, tot by die middellyf in gemors, staan twee kinders met 'n plakkaat wat sê: Gemors-aand. Draai links.

Ek sal hulle vra om voor ons uit te stap, sê die begeleier.

As jy die ruit oopmaak, praat ek nooit weer met jou nie, sê ek en druk die toeter.

Die kinders kyk vir ons en ek beduie vir hulle om voor die motor te stap. Hulle staan vir 'n oomblik stil en draai toe om. Doodgewoon – asof hulle vakansie hou by die see – huppel hulle die rommel binne, skoendose, vrugtekissies, groenteskille en take-away-houers vlieg die lug binne. Doef-doef! val goed op my motor.

Ek dagvaar elke etter op hierdie dorp as my kar een skraap het! skree ek.

Die begeleier sit sy hand op my arm.

Ons is nie bang nie, sê hy, Ons is dankbaar, ons is dankbaar.

Ek wil net lelik raak, toe verskyn 'n grys gebou voor ons, dis soos narkose ná 'n natuurlike geboorte. Voor die gebou staan 'n regop vrou met varsgestolde strepieshare en stokstywe oë.

Ek spring uit, hardloop tot agter haar, slaan my arms om haar en begin druk.

Ek verstik nie! skree sy, Dis hoe ek lyk!

Ek laat los.

Ek is Haldene met 'n H, sê die vrou. Om haar nek is 'n ketting met 'n sleutel.

Volg my na die kleedkamer, sê sy.

Orals is rommel. Dis opgestapel en met krulle en swaaie ge-rangskik soos beddings in 'n tuin. Die kleedkamer is silwer-skoon, iemand het blomme uit Coke-blikke gesny en daar staan bottels water op 'n ry.

Enigiets wat julle nodig het, praat net, sê Haldene.

Dankie, net 'n bietjie tee, sê ek.

Tee dehidreer jou, sê Haldene, Sleg, sleg, sleg, drink water.

Ek haal diep asem.

Ons is veilig, sê die begeleier agter my, En ons is dankbaar.

Wat gaan hier aan? sê ek.

Ons dorpie is in 'n dilemma, sê Haldene, En niemand gaan ons help nie. Die munisipaliteit is agter met verwydering, die mense is verdwaal, hier hang 'n reuk en ek is seker iewers broei 'n kiem. Ons kinders ken nie die wêreld nie, hulle ken net gemors. My kleindogter vra of ek wil witwater hê in my tee, ek was so verstom, ek sê, Dis melk! Weet jy waar kom dit vandaan? Kafee, sê sy. Ek sê, Weet jy wat is 'n koei? Ja, sê sy, Ons koorjuffrou. Ek wys my kleinseun 'n foto van sy grootjies, hy sê, Kyk, die tafeltjie het ogies. Ek sê, Dis 'n hond. My bors trek toe van die agterstand van ons mense. Toe besluit ek ons moet iets doen met die gemors en ons moet die kinders opvoed. Vanaand begin ons 'n dieremuseum. Ons leer die mense hoe om diere te maak uit die rommel. So maak ons die dorp skoon en rehabiliteer die gemeenskap. Sodra jy begin sing, bring elkeen sy dier op dat ons kan sien hoe lyk ons museum.

Ek sê, So ek kom van agter af op.

Nee, sê sy, Van voor af.

En ek staan regs van die diere, sê ek.

Nee, sê sy, Links.

En ek dra swart, sê ek.

Nee, sê sy, Wit.

En ek vertel 'n storie, sê ek.

Nee, sê sy, Net sing.

En ek sing "What a Wonderful World", sê ek.

Nee, sê sy, "Embraceable You".

Ek haal diep asem.

Dankbaar, fluister die begeleier.

Voor die verhoog is rommel, sê Haldene, En onder die rommel
is my man en 'n paar ander. Hulle gaan die rommel oplig as
jy sing, dit stel die oorweldiging voor. My man is die dorp se
dokter, maar niemand kan meer die spreekkamer kry nie, dis
in 'n lae deel. My man se naam is Effen sonder 'n s.

Huhuhu, maak sy.

Ek ruk haar om, slaan my arms om haar en begin druk.

Ek verstik nie! skree sy, Dis hoe ek lag!

Uiteindelik begin die aand. Die saal is gepak van mense en
vullis. Ek staan in wit en is so lus vir tee dat ek kan flou val,
maar ek is veilig en dankbaar. Op die verhoog is 'n groot wit
tafel. Die musiek begin, die ligte verander en ek stap verhoog
toe. Ek begin sing, "Embraceable You". Een ná die ander kom
die dorpsmense op en sit hulle diere neer, skape, bokke, jak-
kalse, wolwe, poue en hase, alles uit draad, blik en plastiek.
Op en af gaan die rommel. Haldene en haar H staan voor die
verhoog.

Embrace jou rommel! skree sy, Skep 'n nuwe wêreld!

Uiteindelik is alles verby. Die mense is weg en die saal lyk soos
die oggend ná 'n kroegtroue.

Sal iemand voor ons uitry? vra ek.

Ja, sê Haldene, Dis gereël.

Ek sê, Ek wil graag vir Effen groet.

Hy's daar in die hoek, sê Haldene.

Voor die verhoog steek 'n baie mooi man in 'n snyerspak onder die rommel uit. Die onderdanigheid sit vlak in sy oë.

Ek wou net groet, sê ek.

Baie dankie, sê Effen en steek sy hand uit. Om sy pols is 'n boei, dié is vas aan 'n ketting wat onder die gemors verdwyn. Ek onthou die sleutel om Haldene se nek.

Ek het dit al baie vir getroude mans gevra, sê ek, Maar hierdie keer bedoel ek dit meer as ooit. Hoekom? Jy hoef mos nie?

Ek het haar lief, sê Effen.

Ek sê, Daai is 'n bra met 'n stootskraper in.

Presies, sê Effen, Dis hulle wat die wêreld red. Hulle loop alle weerstand plat.

Wat bly van jou oor? vra ek, Jy is 'n dokter en beeldskoon en geketting, het jy 'n idee hoe opwindend is dít gewoonlik?

En dit is, vir *my*, sê Effen, Van die eerste dag af.

Tien minute later ry 'n 4x4 vir ons 'n pad oop deur die rommel.

O, ek is dankbaar, sê die begeleier.

Shut up, sê ek.

Ek weet ek is ook dankbaar, 'n bietjie oor die rommel, 'n bietjie oor die diere, 'n bietjie oor ons veilig is, maar – heeltemal teen my sin – eintlik oor Haldene en Effen, so 'n liefdesverhaal is so irriterend, jy wil glas eet, maar dis skaars en ongelooflik en sterker as al die probleme op aarde.

(uit die *After Animals*-verhoogproduksie, 2015)

THIS SONG

I have to tell you about this song. I wrote it a while ago and I love singing it.

When I studied music, there was an eccentric girl whose name was Hanna, but nobody ever called her that. You would start preparing your mouth for the Ha, but then you would just say Liesel and she would react to that like it was normal, she was an absolute Liesel. All her dresses had the same cut, round neck, no sleeves and a pleated away-from-the-hips bottom. All her dresses were made from unflattering cotton with very small patterns, she looked like a rash. With that she wore jerseys that should have ended at the waist, but never did, no make-up, an unkempt biscuit-coloured bob and off-white eyelashes that should legally have had mascara on, but never did.

All of this should have made her a lonely person, but it never did, in some inexplicable way she was always caught up in the strangest situations with the strangest people. She once told me that she had two members of a North African choir staying with her because they were on a cultural tour. But then the police came to her flat because it turned out they were two Egyptians who had stolen 41 cars and were taking them apart in her garage.

Then she joined a yoga colony that lived in huts at the foot of Table Mountain and married the leader. Then she found out he was also married to the rest of the women in the colony, but decided to accept it. Then her parents had her declared insane and the marriage was annulled.

At some point in my early career I moved to Johannesburg and, because of excessive alcohol, befriended people who lived in Linden. One of them was a part-time artist who one day told me he would like to paint my portrait. He said there was going to be a group exhibition by many artists and it was going to be at the very big but not pretty house of a very attractive, rich, unmarried man in Linden and it was going to be opened by the Queen of Albania.

I had heard rumours about it, but it turned out to be the truth that the Queen of Albania and her family had been exiled from their country and were living in Johannesburg under the protection of our government and occasionally appeared at exclusive events.

So my friend finished my portrait, it was a large and striking painting of me in an evening suit with a large flower and a black and white marble floor in the background. I had received an invitation to the opening of the exhibition and when I arrived at the house, there was a large garden full of unmarried men drinking wine. The people who actually looked at the paintings were inside.

I went inside and tried to find my portrait without looking obvious, but then I recognised a woman with pearl earrings and her hair in a French bun, at first I could not remember where I knew her from, but after a while I was sure she was the owner of a bakery that I really loved.

So I went to her and said, It is so nice to see you without the white coat and the cap, you look so nice with lipstick.

The woman gave a tiny smile and turned her head away.

Your small cheesecakes are my favourites, I said.

Then the woman turned her whole body away. I was just on my way back to the garden when somebody grabbed my arm. It was Liesel. She looked exactly the same.

What are you doing in Linden? I said.

Listen, she said, You have to come with me. I was looking at your portrait and then I met this man, he is the brother of the husband of the Queen of Albania, he said I should come and look at his collection.

Then a very attractive man stepped behind a microphone and announced the opening of the exhibition and then he introduced the Queen of Albania and it was the woman I had thought owned the bakery. She said a few words in perfect

English and nobody clapped because they were holding wine-glasses.

Where do you live? asked Liesel, I will pick you up on Tuesday and then we go and see the man's collection.

So two days later we stopped in front of a very ordinary but large house with a neglected garden.

This can't be it, I said.

It's for security, said Liesel, He cannot stay with the Queen and he cannot stay in a grand house, he will be noticed.

Then we got out, Liesel carried a cake and I carried a bottle of wine. We rang the bell and a man in a suit opened the door.

Can you please tell the Prince we are here, I said.

It's him, whispered Liesel.

So we stepped into a house in which every object had been covered with a piece of cloth. I had seen many costume dramas in my life and nothing was more dramatic and beautiful than when the royals covered everything inside their palaces with dust covers. But that was because they were leaving, not because they were staying.

We ate the cake Liesel brought and drank the wine I brought. The man in the suit offered us nothing. He looked at Liesel the way a wolf would look at his first hamburger.

When do we see the collection? I said.

It is in the next room, said the man.

We went into the next room, I was expecting gilded frames with royal portraits smuggled out of Albania but every wall in the room was covered with pairs and pairs of horns. There were no heads, just the horns.

How did you get this out of your country? I said.

They were shot here, said the man.

I got so upset that I went to wait in the car. Ten minutes later Liesel got into the car.

That was disgusting, I said.

But Liesel said nothing. She looked like a flower that had been pollinated by every insect on earth. She was lost.

For the next few weeks she visited that man every day. She prepared his meals, drove him around in her car, waited around corners while he had secret meetings in hotel rooms, gave him money, asked no questions and regularly sacrificed her womanhood to the Kingdom of Albania. You get women like that, they are not stupid or in denial, they are just like shop worms, there can be a ton of fresh apples, they will find the rotten one.

One day I went to the house with her again. She had baked a cake and I had bought a packet of red berries. While she and the man were talking, I went into the next room. Under each pair of horns I squeezed two berries against the wall, it looked like the horns had faces with bleeding eyes. When that man walked into that room again, hundreds of victims would stare at him.

And that was exactly what happened. Liesel phoned me hysterically and said the Queen's husband's brother said I should never go there again.

That is not his house, I said, Why is everything covered up? Those are not even his horns. He has no title, no contact with the Queen, no bodyguard, no car, no money, no surname, what is he? Tintin?

And this is what happened. She put the phone down and drove to that house. And there was a car in the driveway. And the lawn was mowed. And a strange woman opened the door. And the dust covers were gone. And the woman told her they had been away but somebody had broken into the house and lived there. And Liesel drove away from that house, and she was broken, and years later she married another man, a rotten one who abused her in every way known to mankind, but she stayed with him because she was a shop worm. Until he himself couldn't take it any more and divorced her. These days she plays the piano for a ballerina who got too fat to dance and now teaches children in a garage next to her house.

And that's why I wrote this song. For her. Although it was too late, maybe another shop worm would hear it and find the words to say to the rotten one who needs to hear it.

You gave me

I gave you love
You gave me misery
I gave you wine
You gave me poison tea

I gave you flowers
You gave me injury
I gave you time
You gave me history

What is the meaning
What is the reason
Can you say it
Can you say it
Is this not murder
Is this not treason
Can you say it
Can you say it

I gave you love
You gave me misery
I gave you time
You gave me history

(from the *After Animals* stage production, 2015)

BEAR

This is a picture of me a few years ago.

I had just been kicked out of my cousin's house. She had organised a birthday party for her overweight son and I went there with a very special gift, a beautiful, enormous, white toy bear. When I got there, he was sitting in the corner of his room.

This is for you, I said.

He looked at it with fear in his eyes.

I said, This is a polar bear, you can also call it an ice bear. Only 50% of them live past their first year. When they are three years old, their mothers leave them, so they have to look after themselves.

My cousin's son started crying.

I am scared, he said.

Of what? I said, I just brought you a new friend. These are en-dangered animals, there are not many left. They live on the ice and every year there is less ice, so they have to spend more and more time in the water where they cannot hunt. They need to be on the ice to find food.

He looked at me with big eyes.

The ice is melting because of black carbon which is caused by jet fuel, I said, I am not angry at your dad because he works for an aeroplane company and I am not calling him a killer, I am just saying, in a few years' time there will be no more bears left, but you will have this one.

Nooooo, he cried.

Then my cousin came into the room.

Why are you upsetting my son? she said.

I am giving him a bear, I said.

He is crying, said my cousin.

He is always crying, I said.

But can you not see it scares him? she said.

How can it scare him? I said, He is 21! And the bear is fucking dead!

Leave my house, she said.

So I did. And I never saw him again. But a few years later I heard from somebody that they had seen him. He had a profile on the internet. It was on a website for large hairy men. They were all naked. They called themselves bears.

They say that when you beat a child, you change his life and his perception of the world, because at that moment the protector becomes the attacker. But millions of people of all ages are dependent on others, and those are often the ones who hurt or damage them. Often because they don't know better, often because they simply don't think, but more often, just because they can.

(from the *After Animals* stage production, 2015)

OKKELT

Daar was 'n tyd toe mense uit armoede, suinigheid en onkunde planne gemaak het wat vir geslagte deel gebly het van 'n agteraf-kultuur. Op 'n stadium, tydens die depressiejare, het nie net boksers nie, maar hele families die gebruik gehad om tandpyn te verhoed deur al hulle tande te trek. Ek was 'n jong seun toe daar naby ons drie susters gewoon het wat suiniger was as bandiete. Hulle het met hulle gesinne in dieselfde straat gebly sodat hulle mekaar nie hoef te bel nie. Hulle name was Elna, Elsa en Elta en hulle nooiensvan was Diitt. Hulle was ongelooflik suinig en het almal kunstande gehad. Die ergste een was Elta, my ma het altyd gesê 'n honger hond was meer vrygewig as daai vrou, sy sal wol uit jou trui steel as jy haar 'n drukkie gee.

In dieselfde tyd was dit groot mode om nagemaakte blomme en plante in jou huis te hê, sitkamers het gespog met ruikers uit plastiek, sykouse, lap en vere. Net in ons huis was daar regte blomme, ek het gedog dis oor ons arm was, ek het nooit my maats genooi nie.

So kom een van die Diitt-susters, Elsa, onverwags tot sterwe. Toe hulle vir Elta kom sê, het sy nie eens vir 'n oomblik gehuiwer of gehuil nie, sy het net geskree, Hou haar warm, haar kake gaan sluit!

Toe het sy pad-af gehardloop, almal weggestamp en Elsa se tande uitgehaal.

Hierdie tande is twee maande oud, het sy gesê, Ek kan dit vir jare gebruik.

By die huis het sy dit geskrop, haar eie tande uitgehaal en Elsa s'n ingesit. Dit was effens te klein en het los gesit, maar dit het haar nie gepla nie, dit was twee maande oud en spierwit, sy het dit met haar tong teruggedruk en gesê, Ons moet begin met die beglaflisleëlings, ek soek plagtige blomme, spielwit met gloenigheid londom.

My ma sê sy het nooit weer 'n r gesê nie. En nadat die bloemis laat weet het hoeveel die begrafnisblomme gaan kos, was die pad net afdraand. My ma sê Elta het dwarsdeur die begrafnis gesit en somme maak. En ná die tyd, by die hartseertee, het sy haar man en haar oorblywende suster eenkant geroep en gesê, Hielie stolies gaan vir ons klaalmaak, hiel kom nog tloues, dope, veljaalsdae, beglafnisse, kyk wat het hielie blomme gekos, as ons by die huis kan sit met kunstande, kunsbene en kunsblomme, dan kan ons dit in die kelk en olals annels ook doen. Ons vat ons geld môle en ons loop soek blomme, spielwittes, ons koop duisende. En bietjie gloenigheid. En ons huul dit uit.

En so begin die nuwe besigheid, Elta Se Ewige Blomme. Binne maande is elke kwekery bankrot, Elta se kunsblomme pryk by elke geleentheid, vrolik of tragies. Elta het later twee bussies, dis aflaai en oplaai en berge se kontant. Tot die eerste winter.

Niemand raak verloof, trou, hou matriekafskeid, Valentynsaand, liefdadigheidsdanse, Kersfees of Nuwejaar in die winter nie. Daar is 'n paar sterftes, maar dis bejaardes en die dienste is in die ouetehuis en daar is reeds plastiek. Elta is histeries.

Ons gaan vlek van die hongel! skree sy.

Ons het hulp nodig, sê Elna, 'n Gimmick, iets wat mense in die koue ook sal opgewonde maak. Ek dink, maar ek wil dit nie sê nie, vergewe my, maar ek dink Jy moet vir Okkert aanstel.

Okkelt! skree Elta.

Okkert was 'n jongman van die dorp. Een van daardie wat jy net een of twee keer in 'n leeftyd raakloop. Mooier as enigiets wat jy ken, perfek gevorm en reeds volkome ontwikkel op hoërskool. Okkert het 'n gesig gehad met twee oë wat vir jou gekyk het dat jy om verskoning wou vra vir gedagtes wat jy eers later gaan kry, 'n wasbleek vel, gladder as nat seep, en pienk lippe wat 'n lading in jou binneste laat opbou het, jy voel jy wil 'n ponie doodspoeg.

Hierdie gesig het bo-op 'n lyf gesit wat aarde toe gestuur is om verwarring, chaos en innerlike brande te veroorsaak. Daar was boontoe-boude en arms en bene wat jou laat wens het jy kon sterf en terugkeer as 'n sportbesering, die salf en die verbande. Dit alles het ontmoet by 'n middelpunt wat gewoonlik as privaat beskou is, die area waar jy is wat jy is, maar by Okkert was dit 'n oomblik van stilte, die besef van grootsheid, en dat jy, op jou beste, niks meer is as die vrot in die binnebeen van die aarde se siekste bees nie.

Tannie Gert het gesê as jy daai man sien, moet jy mik vir die kuif and dan groet jy hom oor die kop, sy sê sy't hom al twee keer per ongeluk in sy volmaaktheid gekyk, haar ore raak so warm, haar hare brand.

Die eerste keer dat ek vir Okkert gesien het, was by 'n sportdag. Ek het net 'n ysie in my mond gesit, toe hy om die hoek kom en vir my glimlag. Op daardie oomblik het ek geweet dat daar vir my 'n lewe voorlê van begeerte, vieslike sonde, en strafbare manslag. Ek het gesien en toe was ek blind en toe het ek weer gesien en toe het ek gebewe. Die ysie het teen my nek af gesmelt en Tannie Gert het haar hand op my rug gesit.

As jou oë oor twee dae nog nie begin knip het nie, moet jy dit in die water hou, het sy gesê en toe was sy weg.

So word Okkert Okkelt en werk by Elta Se Ewige Blomme.

Hier moet ek ook noem dat die Skepping gee en ook neem. Okkelt was 'n standbeeld en die droom in almal se nagte, maar hy was klipdom, dommer as 'n student in 'n polisiekollege. Hy kon net drie goed sê, Baie dankie, Reg so en Dis glad nie moeite nie. Maar met hierdie drie frases neem hy toe die wêreld van kunsblomme na hoogtes waar min dinge nog ooit was.

Winter en koue ten spyt, binne 'n maand koop Elta nog 'n bussie. Koorsige vrouens, nuuskierige mans, skole en sportklubs, almal bestel blomme, almal verjaar, almal het herdenkings, bruide smeek vir demonstrasies, grafte word toegepak, Okkelt word bedank en beklou, gedruk en gesoen. Hy sê net, Baie dankie, reg so, dis glad nie moeite nie.

Op 'n dag bel die burgemeester en sê die stadsraad reël 'n bal, elke ampsbekleër en regsgeleerde in die omtrek word genooi, daar is selfs dalk moontlik miskien 'n minister. Die stadsaal moet toe wees onder blomme, jy moet dink jy stap die gedagtes van 'n maagd binne.

Dan kan ons maal net vir Okkelt by die deul sit, sê Elta, Laat ons nou nie lieg nie.

Nee, sê die burgemeester, hy soek 'n blomme-muur, sy vrou het dit oorsee gesien, die blomme is van bo tot onder.

Velclo, sê Elta en bestel 'n vragmotor vol. Elke blom kry 'n stukkie harde Velcro en die mure word bedek met sagte Velcro, sodoende kan hulle dit net weer aftrek en niks gaan verlore. My ouma het altyd gesê, Boer maak 'n plan, Suinig maak 'n beter plan.

Elta stel tien dorpsvrouens aan om te help en besef toe Okkelt sal op 'n leer moet klim vir die boonste blomme.

Jy tlek vir jou 'n sweetpak aan, sê sy, 'n Gloot, los ding met wolle en 'n mussie. As daai spul vil jou en jou jean 'n leel sien klim, sal hulle vil jou eet soos 'n Kelsfeesboud.

Baie dankie, reg so, sê Okkelt, Dis glad nie moeite nie.

Twee dae voor die bal is die saal se mure toe met Velcro, Elta en die vrouens plak blomme, Okkelt stoot kratte in.

Wat luik na bland? vra Elta.

Dis Tannie Gert se hare, sê een, Okkelt het gebuk.

Hy's dan in 'n sweetpak, sê Elta.

Sweetpak buk lekker, sê 'n ander een.

Vat die leel en gaan plak bo, sê Elta vir Okkelt.

Baie dankie, reg so, sê Okkelt, Dis glad nie moeite nie.

Okkelt gryp 'n handvol blomme en klim tot heel bo. Maar die leer staan te skeef, sy hande is te vol en die sweetpakbroek is te lank. So trap hy mis, verloor sy greep en val tot in 'n krat. Toe hy uitklim, is hy van kop tot tone bedek met blomme, die Velcro sit hom toe.

Dis 'n beer! skree 'n vrou.

Hy maak ons dood! skree 'n ander een.

Hulle eet net vis! skree nog een.

Bosbere vang vis! skree een, Ysbere eet alles!

Die vrouens begin hardloop. Okkelt begin hardloop.

Stop dit! skree Elta.

Niemand hoor meer nie.

Beer! Beer! skree die vrouens.

Okkelt is heel deurmekaar. Hy hardloop heen en weer en skree nuwe woorde.

Ek is 'n beer! skree hy.

Jy is Okkelt! skree Elta.

Ek eet alles! skree Okkelt.

Hy is uit by die deur. Die vrouens hardloop gillend in die straat af. Okkelt is agterna. In die kafee hoor Oom Bok die geraas. Hy buk vir sy geweer, vat korrel en skiet die beer morsdood.

Okkelt se diens was in die saal, daar was 'n duisend mense. Hulle het vergeet hulle liefde was 'n geheim en het kliphard gehuil. My ouma het later aan my verduidelik daar is nie 'n ander woord nie, dis aanbidding.

Sy't gesê, Predikante sê anders, maar dis goed om bietjie te droom en te begeer en te verlang. Sonder dit lewe ons te laag. Ons moet net onthou, ons maak self ons helde. En hulle het foute.

(uit die *After Animals*-verhoogproduksie, 2015)

How Moon Got Her Name

It was a dark and windy night, the way it has always been when somebody goes missing.

There were voices everywhere and spots of light moving like little bacteria under a microscope. Men in white coats were moving between beams, pipes and pillars and on the other side of the fence people were crying and asking questions.

All of this was happening at the power station on the edge of the town because little Elizabeth was missing. Usually when somebody went missing in a small or medium-sized town people went looking for them at the dam, because there were trees and water and a dam wall and reeds, all the things required for murder or adultery, but not this time.

Elizabeth was eight years old and loved the letter t. When she spoke, she almost stopped at every t, so she could pronounce it with full attention, it sounded like every t had an s at the end. She therefore loved electricity because the t's sounded like the sparks that sometimes came from wall plugs or electric wires. So when her mother discovered that she had disappeared, it was to the power station that everybody went.

Everybody except me, because I was fourteen years old and could play the piano and on that night Mrs Verona Beelie, the only person in town who owned a slide projector, was hosting a savoury-scone-and-sherry-soirée at her house. In her youth she had studied classical singing and was discovered by a famous conductor and given the leading role in *La Traviata*, but on the day before her first performance she posed for photographers in the garden of the opera house and laughed so operatically that a small dragonfly flew into her mouth and got stuck in her throat, which made her choke and cough and cry so violently that her vocal chords never produced a high note again. Then she had a nervous breakdown, married Mr Beelie who owned most of the buildings in our town, grew fat and started her soirées.

During these events guests would eat cheese scones, sip sherry from the smallest glasses ever produced and look at the slide show of the career she never had, while I played well-known tunes by Verdi on the piano. There were slides of the opera house, pieces of décor being painted, a poster advertising *La Traviata*, the young Verona at her costume fitting and finally, a photograph of her, posing in the opera house garden with the dragonfly approaching from the left.

Again and again people were invited to these nights of sorrow and nobody could refuse because they were all working or living in one of Mr Beelie's buildings. And that is why I, Mrs

Beelie and her guests were the only people not present at the power station on that dark night when one of the men in white coats said to another one, If only we had the moon.

The other man, who was also in a white coat, although not from the power station, but from the dairy next to it and just there to help with the search, then said, Why are there no lights?

We had to switch off the power in case the child touches a wire, said the first man, We really need the moon.

And then a young girl's voice said, Buts I am rights here.

Where are you? screamed the man.

Rights behind you, said the girl's voice.

The men pointed their torches and then first saw a tiny red shoe and then another one and then a young girl sitting on her knees.

We have been calling you! said the first man.

I did nots know its was me, said the little girl.

We've been screaming, yelling Elizabeth! said the man.

Buts my name is Moon, said the girl.

Your name is Elizabeth, said the man.

Buts its cannots be, said the girl, There are millions of Elizabeths, how will I know which one is me?

You cannot change your name, said the man, Your parents have been so worried!

Buts my name has always been Moon, said the girl, They justs do nots believe its.

Who told you that was your name? said the man.

The sparks, said the girl, In the wires and in the sky. I came here to look for them, they talk to me.

Then the two men took the girl to the fence where her parents were crying. And then they put the power back on. And people started walking home. And Moon kept on talking. And there were sparks in the wires and in the sky and in her voice. And she did not stop talking.

Buts, Mother, my name can never be Elizabeth, because the ts in Elizabeth is dead, th, I cannots have a dead name, my name has to be Moon, nots many people can hear its, buts its is full of sparks.

And on and on it went, ts . . .ts . . .ts . . .

And at the Beelie residence I played the piano and the slide of the opera house garden appeared on the wall and then Mrs Beelie in her giant floral dress accidentally stepped in front of the projection and not only blended but disappeared completely into that garden where she had always belonged. And in the kitchen Mr Beelie took the maid into his arms and said, I love you.

And a few streets away Elizabeth's mother put her arm around her daughter and said, My little Moon, I love you.

And somewhere between the power station and the dairy, two men in white coats stepped out of the light and the one said to the other, Do not be afraid, I love you.

And there were consequences, but there were sparks for a long, long time.

(from the *How Moon Got Her Name* stage production, 2015)

DOOPKOEK

'n Paar jaar gelede was dit ondenkbaar, maar deesdae word miljoene kinders goddeloos grootgemaak, hulle weet niks van doop of Sondagskool of katkisasie nie.

Maar 'n naam is 'n ding waarsonder niemand kan regkom nie en dikwels word 'n naam net gegee, baie kinders ontvang ook hulle name tydens 'n klein seremonie met gaste, verversings en 'n seremoniële koek. In sekere kulture is die naamgee egter deel van 'n kerklike doop en soos met 'n troue word daar dan 'n koek met klipharde versiersel uitgestal. In sommige gevalle word dit geëet en in ander gevalle word dit gebêre vir so lank as moontlik. Dikwels bestaan 'n troukoek uit verskillende lae, sommige lae is dolleeg, ander is vrugtekoek en die boonste laag word dan gebêre vir die doop van die eerste kind.

'n Vrugtekoek met 'n harde omhulsel kan vir 'n baie lang tyd gehou word. Soms word die versiersel afgehaal en die koek vir jare gevries, dan word dit uiteindelik weer versier vir die doop van die eersteling.

'n Doopkoek is altyd 'n kwessie: Hoe groot? Hoe duur? Watter kleur? Wat is die tema? Bere, strikke of treintjies? Word dit gesny of gebêre? Sit ons die naam op?

En dan die res van die doop: Wie word genooi? Is dit 'n ete of net 'n tee? Saal of huis? Wie doen die blomme? Sit ons kerse by? Is daar 'n tafel vir geskenke? Wat as ongenooides opdaag? Word die kind in 'n rok gedoop? Is daar een in die familie? Wat dra die ouers?

Maar jou naam is die ding wat jy soos 'n las of soos 'n kroon elke dag van jou lewe moet saamdra, dit kan jou ewiglik pootjie of ongekende geluk bring, afhangende van die bevoegdheid van jou ouers.

Twee van die ongelukkigste mense wat ek ooit geken het, was twee meisies wat tydens my hoërskooljare baie naby ons gewoon het in die aarde se enigste huis waarvan die gewel agter gesit het.

Die oudste se naam was Loween. Haar ma was 'n redelik gewone vrou met 'n vol gesig en van daai babahare wat nie kan tease of krullers vat nie. Haar naam was Aberdeen Meyer en sy het as jong meisie 'n roman gelees waarin die heldin 'n naam gehad het waarvan sy baie gehou het, sy kon dit nie onthou nie, maar dit het geklink soos Loween. En niemand het gedink dis vreemd nie. Totdat iemand 'n paar weke ná die doop die eerste keer die kindjie groet.

Daar is sekere goed wat 'n mens outomaties nie doen nie, niemand hou 'n mes aan die lem vas nie, en niemand sê, Hallo

Loween, nie. Dit klink soos iemand wat skrik binne-in 'n kostuum.

Wat het jy aan?

Dis vir Halloloween!

Jy sê, Halloween.

En so is 'n lewe verwoes, van die eerste dag op skool. Die juffrou sê, Hallo Pieter, Hallo Cindy, Halloween.

Hoooo, sê die klas.

Halloween is 'n stug, by-die-dag-meer-woedende dogter, toe raak haar ma weer swanger. Dis nog 'n dogtertjie. Aberdeen het intussen 'n internasionale roman gelees en vasberade om nie weer 'n fout te maak nie, noem sy die kleintjie Collette.

Binne dae is dit Colletjie, en toe Kolletjie en toe later net Kol. Kol gee haar eerste treetjies en op 'n pragtige dag, by die tee ná 'n vrouepraatjie, begin sy stap, en so, in die teenwoordigheid van die dorp se sestig giftigste vroue, steek Aberdeen haar hand uit en sê, Kom, en toe haar naam.

Daar was floutes en tee wat val, en so is 'n tweede jong lewe verwoes. Daar is goed wat 'n mens outomaties doen, en al was dit diep sonde, kon niemand haar weer iets anders noem nie.

Die twee ongelukkige susters was net ouer as ek en het al met lepels en kerse begin pille smelt toe ek op hoërskool beland en hulle ma aankondig sy is weer swanger. Teen die tyd dat 'n seuntjie gebore word, rook Halloween en _ _ _ _ _ soveel bottelkop dat diere in die straat aan die slaap raak.

Die hele dorp hou hulle asems op want die kind moet 'n naam kry. Aberdeen is histeries, sy kan nie weer 'n fout maak nie. Twee maande voor die doop bestel sy die koek, ligblou met perdjies, wolkies en engele.

Moet ek 'n naam opsit? vra die koekvrou.

Nee, sê Aberdeen, Ons dink nog, skryf net GELUK. En maak dit groot, ons nooi die hele gemeente.

Hier moet ek net vinnig vertel van die koekvrou. Sy was 'n baie, baie lang vrou met 'n koplamp en 'n tweezer. Hiermee het sy koeke versier wat so mooi was dat min mense dit kon glo. Mense het van oraloor gekom om hierdie wonderwerke vir hulle troues en dope aan te skaf. Selfs my pa, wat nie een was vir fynkyk nie, het gesê, Daai vrou is 'n kunstenaar, as sy net na genoeg gewoon het aan 'n plek met papier en ink, was sy in 'n tydskrif.

Maar soos dit is met enige kunstenaar, was daar donkerte in haar lewe. Sy was getroud met 'n baie kort man, hy was letterlik 'n sentimeter weg van amptelik dwerg. Mense het hulle Op en Af genoem.

Ek het eenkeer twee vrouens agter 'n winkelrak hoor praat.

Nou hoe het sy nou in hom sin gekry? het een gesê, Hy sal haar mos moet uitklim soos 'n muis teen 'n riet.

Man, 'n mens is net lank as jy staan, het die ander een gesê, As jy lê, gaan jy deur vir gewoon of gewillig.

Maar hoe Op en Af ook al hulle legkaart gepak het, was niemand se besigheid nie, wat wel ter sprake was, was dat Af soos enige té kort mannetjie toebedeel was met heelwat meer koerasie as wat sy lyf kon absorbeer. Dit was soos 'n boomkewer wat kon hikketik sonder ophou totdat hy dwarsdeur die stam is. Elke aand, soos Op haar koplamp oor nog 'n koek skyn en haar kuns voortsit, is hy die dorp in om sonder omkeer of voorkeur elke alleenvrou te vat vir wat in goeie geselskap genoem is, apparaatwerk.

En elke nag, soos Op haar rug reguit maak vir 'n blaaskans en agterkom die huis is weer leeg, het sy sonder 'n snik of 'n kreet in haar kar geklim en haar man loop uithaal waar hy ook al besig was.

Terug by die huis het sy doodstil weer haar plek loop inneem voor 'n koek. Maar as jy jou trots en jou trane moet sluk, aand ná aand, gaan jou gedagtes rondmaal voor hulle loop lê, en so af en toe het sy vir 'n minuut of sestig vergeet waarmee sy besig was voor sy en die koek weer tot verhaal kom. Dus was daar gereeld 'n onthaal waartydens mense verstom gekyk het na 'n verruklike troukoek met een klein skedel tussen die blommetjies of 'n doopkoek met 'n bebloede mes tussen die strikkies.

Dit was tydens 'n besonder onstuimige nag dat die lang koek-vrou haar werk op die ligblou doopkoek met perdjies, wolke en engele begin en heeltemal vergeet om haar notas te lees. Die dag voor Aberdeen en haar man hulle seuntjie laat doop, word 'n asemrowende koek afgelaai.

Daai aand roep Aberdeen haar twee bedwelmde dogters.

Julle staan voor in die saal, sê sy, Ons wys vir hierdie dorp ons familie het niks om oor skaam te wees nie. Halloween, jy sny die koek. _ _ _ _ _ _, jy gee vir elkeen 'n stuk.

Hoe sny mens 'n hol koek? vra Halloween.

Wat bedoel jy, 'n hol koek? vra Aberdeen.

Die koek is hol, sê haar man, Voel hom.

Wie maak 'n hol koek? skree Aberdeen.

Baie mense bestel hom so, sê haar man, Dis net karton met icing, dis goedkoper, nie almal sny hom nie.

Lyk ek vir jou soos iemand wat sal sê, hol? skree Aberdeen, Maak 'n gat, daai koek moet nou vol kom, klim in jou kar en ry, kry iets!

Die man ry dwarsdeur die dorp, alles is toe. Net by die fliek brand 'n lig. En hulle verkoop net Smarties, dit raas nie en die dosies tel maklik op. Dit vat baie, baie Smarties om enigiets vol te kry, die man ry vier keer, net voor middernag is die koek vol en die gat weer toe.

Het jy die naam vir daai predikant? vra Aberdeen, Jy sit dit in jou sak, Josef met 'n f, dis uit die Bybel, hier kan nie fout kom nie.

Die man neem toe 'n Smartie-boks en sny 'n kaartjie uit. Op die skoon kant skryf hy Josef met 'n f. Hy sit dit in sy baadjie-sak en die volgende dag sit hy dit in die predikant se hand. Die predikant kyk daarna, sluk toe hard en doop die seuntjie Martie.

Teen die tyd dat Aberdeen weer bykom, is die onthaal in volle swang, die koek se bokant is weg en die gemeente baljaar met die fliek se Smarties.

Hy het die verkeerde kant gelees! hyg Aberdeen, Jy het dit tussen die twee s'e afgesny! Vir wat gebruik jy 'n Smartie-boks?

Daar was drieduisend, sê die man.

Hulle het dit die volgende dag laat regmaak, maar papierwerk beteken niks, mense onthou net wat hulle wil.

Jare later, ons was almal grootmense, het my ma my gebel om te sê van Aberdeen se afsterwe. En sy het gevra of ek nie as 'n guns die orrel sal kom speel by die begrafnis nie, dit is so 'n ongelukkige familie.

Ek het. En tydens die preek het ek van die galery af gesit en kyk na die drie kinders, Halloween en Vreugdevlek en hulle broer, Martie. Al drie ongetroud, ongelukkig en ongeskik.

En ek het gedink, Is dit nie verskriklik hoeveel vertroue ons reeds voor geboorte moet hê in dié wat vir ons ons name gee nie?

(uit die *How Moon Got Her Name*-verhoogproduksie, 2015)

ESKIMO

My ma het 'n talent wat ek nog in min ander mense raakgeloop het. As sy 'n storie of 'n stelling in haar binneste het, sal dit uitkom en daar is niks wat haar kan keer nie, nie 'n natuurlike ramp of 'n chemiese oorlog of 'n deurklokkie sal haar onderbreek nie, sy maak klaar wat sy begin het.

Op 'n dag – dit was 'n verskriklike besige dag – loer ek vinnig by haar in. Ek wil net groet en dan probeer om 'n uur te gaan slaap voor die aand se vertoning. Ek sak op die rusbank neer.

Jy kan nie nou sit nie, sê my ma, Die mense verwag jou.

Ek sê, Watse mense? Ek is doodmoeg, ek sit net vyf minute, dan moet ek ry.

Dit sal nie lank vat nie, sê my ma, Hulle is dierbare mense, hulle is mal oor jou, hulle kyk jou op die TV, die man het kom vra of jy net vinnig sal gaan kyk, die vrou het jou gesig gemaak uit Turkish Delight, dis dieselfde vrou wat die skildery hier voor gemaak het.

In my ma se TV-kamer hang 'n afgryslike prent, dis potblou met 'n oranje kol. Ek het gedog dis die hel met waspoeier om. Tot my ma gesê het, Is jy mal, dis 'n bootjie wat dobber op water, dis geïnspireer deur daai beroemde vissers-van-mense-skildery, die vrou doen net geestelike kuns.

Ek sê, Ma, ek het nie nou lus vir vreemde mense en hulle goed nie.

As my ma erg moedeloos raak, laat val sy altyd haar arms en praat dan teen half-tempo.

Sy laat val toe haar arms en sê, Hoe-veel-men-se-word-ge-maak-uit-Tur-kish-De-light?

Ek wil skree, Ek hoop nie een nie!, maar sy is my ma en ek sê toe net, Hoe ver is dit soontoe?

Dis net af in die straat, sê my ma, Jy kan dit nie mis nie, die hele huis is toegespan met sif.

Ek sê, Sif?

Ja, sê my ma, Dan kan die budgies meer vlieg as in 'n hokkie. En noem die mense Oom en Tannie, hulle hou daarvan.

Ek stap af in die straat, my ma het nie oordryf nie, aan die einde van die straat is 'n huis wat heeltemal toegedraai is met sifdraad, op die stoep vlieg blou en groen budgies rond, dit is soos 'n groot blaas met honderde klein nierstene.

Ek wil nie hier in nie, sê ek hardop vir myself.

Kom net gou dat sy die storie uit haar sisteem kan kry, sê 'n stem.

Ek sê, Ek gril vir klein voëltjies.

Hulle sal niks doen nie, sê die stem, Hulle gril net so vir jou. Klim net vinnig deur, ek is hier by die zip.

Ek loop tot by die zip, 'n man hou dit op 'n skrefie oop, ek klim in. Voor my staan 'n ouerige man met 'n vriendelike gesig. Die budgies vlieg soos 'n wolk na die verste hoek.

Middag, Meneer, sê ek, My ma sê ek moet iets kom kyk.

Noem my Oom, sê die man, 'n Speed cop sê Middag, Meneer. Stap sommer deur kombuis toe, dán sal jy weet wat is gril.

In die kombuis staan 'n kort vroutjie sonder 'n nek, sy het ronde wangetjies en vreeslike groot borste, dit lyk soos 'n baie ou kind wat oor 'n toonbank loer.

Ek kan nie glo jy's hier nie, sê sy. Sy beduie met albei arms na die tafel.

Kyk, sê sy, Wie's dit? Wie's dit?

Op die tafel lê 'n groot, slymerige pienk gesig plat op 'n spierwit skinkbord. Dit lyk soos 'n melaatse in 'n melkbad.

Huh? sê die oom, Hoe's daai vir gril?

Ek weet glad nie wat om te sê nie.

Dis baie moeite, sê ek.

Ja, sê die tannie oor die toonbank, Ek wou dit vir jou saamgee, maar hier is nog te veel mense wat dit wil sien. Wil jy teetjies hê?

Jy kan mos sien hy is haastig, sê die oom, Vra hom nou, voor hy loop.

Ons wil 'n konsert hou, sê die tannie oor die toonbank, Dis vir fondse vir die dorp, maar jy hoef nie self te sing nie, jou ma sê jy is oorwerk, ons het net jou hulp nodig, ons het 'n sopraan.

Ja, sê die oom, Sy is 'n met-so-'n-sopraan.

Met watse sopraan? sê die tannie.

Met-so-'n-sopraan, sê die oom, Met-so-'n-sopraan samel ons fondse in. Met-so-'n-sopraan raak jou ore baie seer. Met-so-'n-sopraan . . .

Sy is 'n mezzosopraan, sê die tannie, Dit beteken sy kan nie bo bykom nie. Sy is al lank hier op die dorp, maar sy kry nie 'n kans nie. En waar sy vandaan kom, is daar glad nie opera nie.

Ek sê, Waar is dit?

Groenland, sê die tannie, Dis 'n Eskimo-sopraan, haar naam is Beervel Dakkadakkaplop, maar waar moes sy nou sing? Daar is net ys.

Ek sê, Hoe beland sy hier?

Soos wat ek verstaan, het sy altyd 'n leemte gevoel, sê die tannie, En nie net oor die singery nie. Toe val daar 'n tydskrif uit 'n helikopter, toe tel sy dit op, toe sien sy dis vol foto's van bome, sy't nog nooit 'n boom gesien nie, toe besef sy dis wat sy soek, sing en bome.

Ek sê, Hoe beland sy toe hier?

Dit sal geen mens weet nie, sê die tannie, Sy lyk nou nie soos een wat kan vriende maak of 'n lift kry nie, maar sy's hier.

Laat sy vir hom sing, sê die oom.

Ek sê, Daar's nie nou tyd nie.

Maar sy's hier! sê die oom.

Ek kyk om en skrik my boeglam. Ek het gedog dis wasgoed wat die tannie op die stoel opgestapel het, maar nou sien ek dit het arms.

Die oom begin woes met sy hande beduie.

Ek sê, Wat maak hy nou?

Hy wil hê sy moet die Eskimo-volkslied sing, sê die tannie, Hy kan nie genoeg kry daarvan nie.

Toe staan die wasgoed op en ek moet aan die muur vashou. Dis die eerste keer dat ek 'n persoon sien wat ewe hoog is wanneer sy staan en wanneer sy sit. Dit maak snaaks met jou oë.

Beervel Dakkadakkaplop vou haar hande oor haar maag, haal diep asem en sing.

Hhheeeeeyyyjikkejikkejikkejikkeggggnnnn.

Huh? sê die oom, Hoe's daai?

Ek sê, Is dit al?

Ja, sê hy, Dis hoekom hulle nie deelneem aan die Olympics nie, hulle volkslied is te kort om 'n vlag te hys!

Ek weet nie hoe sy 'n konsert gaan hou nie, sê die tannie, Sy't nog nooit langer gesing nie.

As sy langer sing, daag niemand op nie, sê die oom, Jy maak net 'n plakkaat wat sê ESKIMO-OPERA. Fokken kort.

Maar sy is gewillig, sê die tannie, Sy soek net bome op die verhoog, dit kry ons by die catering-vrou, en 'n maan, sy verlang huis toe. Maar dié gaan ek sommer brei. As jy net ys gewoond is, moet jou maan ten minste warm wees. Al wat ons by jou soek, is 'n orkes wat kan Eskimo-opera speel. Ken jy so een?

Ek sê, Ek dink sy moet alleen sing, dis meer treffend. Ek dink dis hoe hulle altyd sing. Maar ek moet nou ry, ek hoop dis 'n groot sukses.

Dit was toe 'n sukses, en dit het gebeur soos volg:

Die aand van die konsert was ek toevallig in die Kaap. My ma vra toe of ek haar sal gaan aflaai, sy het vervoer ná die tyd, ek hoef dit nie by te woon nie, as ek net sal inkom om te groet en te sê, Sterkte. Ons hou toe voor die saal stil en stap in. Die voorportaal is toe onder geestelike kuns, reg in die middel hang die Turkish Delight-melaatse, mense gee naar-naar pad en hardloop die saal binne.

Jy is gestuur! hyg 'n stem.

Dis die tannie. Haar toonbank gaan op en af.

Sy wil nie opgaan nie! sê sy, Sy is te skaam, sy huil aanmekaar, sy het al haar beervel aan, sy wil net loop. Sal jy asseblief sing, almal is hier, die maan hang, die bome staan, jy kan haar kostuum dra, dit sal jou pas, ek het dit self gemaak, duisende blaartjies wat ek gegom het, jy weet, bome . . . blaartjies? En die poster sê dis kort, net een liedjie is genoeg.

Enige tyd, sê my ma, Hy sal sing.

Ek staan dikwels op die verhoog, omring van die vreemdste

goed, geklee in die vreemdste goed en dan sing ek die vreemd-ste goed. En party mense klap hande, ander oordeel. Maar dis omdat hulle nie die storie ken nie, hulle het nie 'n clue wat ge-beur voor die tyd nie.

(uit die *How Moon Got Her Name*-verhoogproduksie, 2015)

ZIP

Die besef dat jy op die verkeerde planeet gebore is, kan jou enige dag tref vanaf die ouderdom van vyf. Daarna gebruik jy laerskool, hoërskool, universiteit of jou eerste werkplek om 'n wegkomkans te kry. Op 21 is jy nog steeds hier en leer ken dan die woord lot. Dit staan ook bekend as Plan B. Voordat jy Plan B binnetree, is daar 'n oorgangsfase. Dit is 'n tydperk van woede, twyfel, goedkoop drank, sigarette, dwaalkerke, opstand, teenstand, naaktheid en sterk taal, sommige gaan selfs oor tot wanhoop en publiseer 'n digbundel.

Dit was tydens hierdie tydperk dat my ma op 'n dag gesê het, Stop jou bog. Alles gaan nie oor jou nie. Daar is mense wat baie swaarder kry, gaan sluit aan by 'n plek en help iemand.

Ek hoor toe van 'n organisasie, Tralies En Trane, 'n liefdadigheidsgroep wat gesinne help wanneer een van die ouers in die gevangenis is. Twee keer per maand ontmoet almal in 'n kleinerige saal en deel eetgoed, ou klere en komberse uit. Ek is 22 jaar oud en weet nie dat behoeftiges mal is oor kitskoffie en kaaskrulle nie, ek daag op met 'n sakkie pretzels en 'n duvet waarop ek die woord DROOM gestensil het.

Daar is honderde mense, aan die een kant van die saal staan die tronkfamilies, almal met blou kolle en vlekkiesvelle, en aan die ander kant staan die liefdadigheidsmense, elkeen met 'n glimlag, maar jy kan sien hulle wéét iemand het 'n mes.

Welkom, sê 'n baie bang vrou, Staan asseblief nader en kry ietsie.

Ek probeer uitdeel maar niemand wil iets van my hê nie. Die grootmense frons en stap verby. Die klein kindertjies sê nie asseblief of dankie nie, hulle sê goed soos, Moenie my slaan nie, of, Moenie my in die kas toesluit nie. Die ouer kinders staan teen die muur en loer na jou met afgesakte enigiets-vir-cash-oë.

In die hoek van die saal praat 'n man kliphard.

Nee jong, daai is 'n miljoenrandvark, jy kan hom nie op 'n gewone veiling sit nie, jy moet privaat gaan, jy nooi die groot kanonne, jy wil nie sit met kleingeld nie, ons het nou die dag loop uiteet, hier by die nuwe mall, wat het ons gehad, so 'n storie met kaas en bacon, toe dink ek aan die vark, dis geslagte se teel, was jy by daai mall, hulle is laf met hulle pryse, my vrou kyk daar na 'n rok, dis oor die R200, ek sê vir haar, vir wat, jy maak jou eie goed, jy's jou eie designer, daai ding wat jy aanhet, daar is mos nou niks fout nie, wat noem jy dit, dis 'n pinafore, sy't hom nou aan, waar is jy, hier's jy, kyk hier, selle geel as die skoene en die sak, dis mos mode, waar's jou sak, jy moet hom vashou, hier steel hulle die meel uit 'n koek uit, maar ons moet praat oor daai vark, hy gaan jou ver vat.

Deesdae, met al die selfone, sien en hoor 'n mens dit elke dag, maar ek was nog klein, toe't my ouma al gesê, hoe harder hulle praat, hoe minder is hulle gewoond, 'n mens met verstand het nie nodig om te skree nie.

Ek kyk na die man, hy lyk presies soos 'n hardprater, lank, bietjie blas, maag wat net begin stoot het, blou strepieshemp en dik pikswart wimpers soos 'n sebra. Die man met wie hy gepraat het, het verdwyn. 'n Vrou staan skuins agter hom. Sy lyk platgepraat.

Wheeoh, maak sy.

Ek herken haar onmiddellik. Sy was saam met my op skool, 'n paar jaar ouer as ek. Haar oë het onafhanklik van mekaar geknip. Soos 'n verkleurmannetjie. En die linkerogie het van buite na binne geknip. Wheeoh.

Ek sê, Gister, is dit jy?

Ja, dis ek, sê sy.

Haar naam was eintlik Hester, maar haar ma, 'n hees, grys-gerookte vrou, het haar Gester genoem en dit het Gister ge-word.

Ek sê, Wat maak jy hier?

Sy kyk na die prater.

Dis my man, Stroop, sê sy.

Ons probeer help, sê Stroop, Maar die spul is ondankbaar, ek het al gesê ons moet hulle los dat hulle kan sien of hulle self klaarkom, maar Gister hou aan ons moet hiernatoe, hiernatoe. Aangename kennis, my naam is eintlik Gerald, maar ek is in besigheid en ek is gebore met die kwas, ek smeer enige bek heuning, dis wat hulle soek, en met die nuwe bedeling moet jy mos gatkruip vir elke sent en ek het net besluit as dit is hoe dit is, is ek voor, so almal noem my Stroop, so noem my Stroop. Wat het jy daar in jou arms?

Ek sê, Dis 'n duvet, maar ek het my misgis, so ek gaan nou maar loop. Wil julle pretzels hê?

Ek kyk na Gister. Sy lyk (soos my ouma altyd gesê het, Wat noem jy pasteitjies by 'n biduur?) op.

Wheeoh. Wheeoh.

Ek sit die pretzels in haar hand. En toe leun ek oor asof ek haar wil totsiens druk en fluister in haar oor, Zip. Dit het my lewe verander.

En toe loop ek.

Die ding met die zip het 'n paar jaar vroeër gebeur. Ses maande nadat ek matriek geskryf het, het my ouers probeer om my manlikheid te versterk deur my in te skryf by 'n oorlewingskamp. Dit was in die winter en elkeen moes opdaag met een trui en een slaapsak dat ons kon leer oorleef. Die eerste aand het die instrukteur – hy was ettermooi en 'n paar van ons het begin huil elke keer as hy praat – aan ons verduidelik dat liggaamstemperatuur die beste ding is vir oorlewing. Hy het gesê ons gaan buite slaap en ons moes ons slaapsakke twee-twee aanmekaar zip en twee-twee inklim, dan sal ons glad nie koud kry nie. Hy't gesê wanneer daar 'n storm of 'n sneeu-storting is, moet 'n mens net skree, Zip it!, dan sal almal weet wat om te doen en oorleef. Daai nag het ons gelê en broei soos teelkonyne. Dit was fantasties. Die volgende dag het ons in groepies weggeglip en gebid vir sneeu. Daai nag was daar net 'n ligte windjie, maar steeds het jy zips gehoor, ons was vier-vier in 'n sak. 'n Week later het ons die kamp verlaat met die wete dat wat ook al jou lot is, oorlewing lê in 'n zip.

Ek bel my ma.

Ek sê, Liefdadigheid werk glad nie.

Dis nie 'n disprin nie, sê my ma, Jy moet aanhou gaan tot dit werk.

Twee weke later is ek terug by Tralies En Trane. Ek het nou sakke kaaskrulle. En weer die duvet. Ek het die oortreksel uit-gedop en DROOM is nou MOORD. Ek is skaars in die saal toe slaan vier seuntjies vuis oor die duvet.

Nee jong, sê 'n oorverdowende stem, Hy't wragtag daai vark loop slag, hy sê sy familie was in twee geskeur, dié sê verkoop, daai sê hou, nou's daar vrede, ek sê jou daai was 'n miljoenrandvark, daar's nog, maar hulle is in die parlement, maar laat hy nou maar aangaan, dis soos hierdie spul, wil nie gehelp wees nie, maar hier's ons weer.

Ek kyk om. Dis Stroop. Hy staan in die hoek in 'n trui met 'n baie hoë kraag en 'n baie groot zip. Langs hom staan 'n afkopdummy met slap arms.

Ek sê, Maak jy nou klere?

Man, dis Gister, sê hy, Sy's agter. Mens moet klop of stilbly.

Ons bly stil. Toe zip die dummy se bokant oop en Gister se kop verskyn.

Hallo, sê sy, Wheeoh.

Ek sê, Mal oor die zip, wat gaan aan?

Haar rok het twee krae, sê Stroop, As jy sien, is sy weg, dan's sy in die agterste een. 'n Mens kry nie 'n woord met haar gepraat nie, wat is 'n huwelik, wat is die wêreld as jy nie 'n woord inkry nie, ek sê vir haar . . .

Zip it! skree Gister.

Stroop trek sy zip tot bo. Net sy oë steek uit.

Baie dankie, sê Gister, Ek het lank gedink oor wat jy gesê het. Toe besef ek ek moet zips in die klere stik. Dat ek sy bek toekry. En toe dink ek aan 'n ekstra kraag, dat ek kan wegkom, dis net buk en zip en uit, dan's ek agter, ek kry nie nou meer so skaam nie, en ek kry rus, en ek ontmoet nuwe mense. Jy't my lewe gered.

Ek kyk na Gister. Reg bo my kop verskyn 'n gloeilamp.

Ek moet gaan, sê ek, Julle moet mooi bly.

Wheeoh, maak Gister.

Hhhmmm, maak Stroop.

Ek hardloop by die saal uit. Zips. Twee krae. Drie krae, vier krae. Dis wat ek nodig het, ek kan wees wie ek moet, verskyn en verdwyn, in en uit, vir elkeen gee wat hy soek, gatkruip, wegkruip, smile, baklei, praatjies maak, vry of net ontspan. Dit gaan nie die wêreld verander nie, maar dit kan my lewe red.

(uit die *Mannequin*-verhoogproduksie, 2016)

www.ingramcontent.com/pod-product-compliance
Lightning Source LLC
Chambersburg PA
CBHW051338020726
47501CB00007B/2144